U0115405

語文教學叢書

新世紀的語文教育

亓婷婷　著

目次

自序

　　多年來，筆者一直從事第一線的語文教育工作，迄今仍擔任「大一國文」及「教學實習」的課程。每天批閱大量的學生作業，學生則來自不同科系（國文系、英語系、歷史系、地理系、機電系、科技系、設計系、圖傳系、美術系、物理系、數學系、生科系、企管系、工教系、教育系、心輔系、社教系、衛教系、公領系、臺文系、東亞系、體育系等等）。近年來，頗感憂心的是：隨著網路時代的腳步，學生錯別字的問題日益嚴重！包括國文系的學生，筆下居然出現「一湖濁酒喜相逢」、「豪氣乾雲」的詞句！江西詩派的大師居然是「黃山穀」！也許並不是能力或程度的因素，而是網路時代溝通講求速效，年輕學子並不在乎語言表達是否精確的問題，所以，以同音字、諧聲字相互取代的現象非常普遍。加上大陸簡化字的影響，google轉換時無法分辨，有時真有滿目瘡痍、不忍卒讀的感覺！

　　這引發筆者對語文教育的思考！我們該如何因應時代的改變？如何面對新世代的語文教育？

　　由於網路時代資訊泛濫且傳遞迅速、無遠弗屆。不同文化間的相互影響已成常態，多元文化、多元觀點已成今日社會的共識。語文教育過去所強調的民族意識、傳統道德文化……已不再是今日語文教育的主要目標，大家強調的是：語文是溝通的工具、語文是表情達意的工具。尤其隨著西方認知科學、學習理論的影響，語文能力成了國際競爭力的指標。全球語文教育都掀起改革的浪潮，一九九二年西方就

有「閱讀力即國力」的論調。臺灣也隨著這股潮流，大力推廣「閱讀教學」。近年又流行「翻轉教室」，各級學校的語文教室也因此產生新貌！但語文畢竟不是單純的工具，也不是一般的知識學科，過時即拋棄。語文和歷史、文化密不可分！語文是每天都必須使用、人人安身立命的工具！最基本的就是書寫文字！所以我們比世界上其他語文更複雜的問題是：中文有兩套書寫系統！兩套電腦內碼！

今天筆者最關心的語文教育問題，就是兩岸文字如何融合？尤其隨著中共經濟、軍事力量的崛起，近年普遍在全球設立「孔子學院」，非常令人憂心其產生的負面影響！若中共不放棄簡化字，未來中華文化的傳承堪虞！筆者僅以〈世說新語‧簡傲第二十四〉中的第四則為例：「嵇康與呂安善，每一相思，千里命駕。安後來，值康不在，喜出戶延之；不入，題門上作「鳳」字而去，喜不覺，猶以為欣！故作「鳳」字，凡鳥也！」只懂簡化字的人根本無法欣賞、閱讀這段文字！若連《世說新語》都不懂得欣賞，還稱得上能傳承中華文化嗎？

也許有人認為：中共簡化字只是減省一些筆畫而已，何況已存在近六十年，茲事體大！承認其存在又何妨？兩者並存又何妨？有些簡化字不就是草書、行書嗎？還不是漢字家族的一員嗎？

我們在此鄭重的指陳一點：簡化字根本違反中國文字從甲骨文、金文、楚文字、小篆、楷書等演化的規律！它破壞了漢字的系統，根本不是漢字家族的一員！所以我們反對的就是這些中共政權建立後，以政治力量自創的數百個「簡訛字」（借用林中明先生之語）及簡化偏旁符號。而我們主張兩岸學者共同整理漢字的理由也在此！由於這些字均為常用字，自然使優美的漢字成了滿目瘡痍的奇怪符號！

以通行的時間而言，簡化字僅通行六十年，和擁有數千年歷史的傳統文字及珍貴文獻相較，孰輕孰重？立可判決！何況，現代資訊傳

遞迅速，學習方式眾多，中共若回歸傳統文字，不出數年，立可看出成效，關鍵在於觀念的改變！

筆者為何如此關心簡化字問題？源自於一九九七年在匈牙利參加一場會議，親視不諳中文的西方學者指著正體字說：「這是日本字！」而指著簡化字反而說：「這是中國字[1]！」百般辯駁，洋人仍是搖頭以對！堂堂中國正體字居然成了洋人眼中的「日本字」！令筆者深感：自家的問題自己不解決，還待何人？返國後遂留心簡化字問題，並發表相關拙見！

筆者透過深入研究後，還發現了一點：若我們任簡化字橫行，歷代許多珍貴的人類演化史料、祖先曾創造的人類文明都將消失！這豈只是可惜、遺憾而已！這是人類文明的大損失！謝清俊教授當年在中央研究院資訊研究所發願將廿五史輸入電腦，完成廿五史之數位化，他就體認：每個中文字都是文化載體，承載著人類創造的各種文明！所以他對電腦中的一筆一畫都非常講究！而許進雄教授也因為透過對甲骨文字的研究，架構出中國古代社會的圖像！完成了名著《中國古代社會：文字與人類學的透視》[2]，這可說是中文字可以溯源人類文明的佳例。

簡化字減省的不只是一筆一畫而已，它也將使祖先文明記錄消失！這非常值得我們注意！以許多人認為簡化字勝乎正體字的「塵」字為例，透過這個字，群鹿飛奔、塵土飛揚的先人生活畫面多麼鮮

---

1 當時正體字及簡化字並列於會議所設計的logo圖案中，請參見〈附錄九〉。
2 許進雄：《中國古代社會：文字與人類學的透視》（臺北市：臺灣商務印書館，1988年）。後來又有中文修訂版：臺北市，臺灣商務印書館印行，1995年。
  其實，近年類似的文字學書籍甚多，許多都是自學努力、非學院派的作品，如廖文豪《漢字樹》臺北市：遠流出版社印行，自二○一二出版第一冊、至二○一四已出版第四冊。筆者認為引發現代讀者興趣的該是這些文字蘊含的古代文明及老祖先的智慧！

活！讓我們知道，鹿在中華文明扮演的重要角色！而今鹿群日益減少，我們能無戒惕嗎？「塵」若改為簡化字「尘」，這些歷史記錄就自動消失了！何況，小土名塵，若有意義，相對的，大土又是什麼呢？毫無章法的文字系統，也配傳承中華文化？

　　仔細研究中共簡化字的歷史，目睹歷史文獻記錄，才清楚了解：當年簡化字的目的是「消滅漢字、消滅歷史」！簡化字的目標是「越亂越好」！[3]才發現我們這一代肩負著多麼艱鉅的文化傳承任務！我們堅信：任何政權在歷史文化長河中都只是短暫的存在！「中共」豈能代表「中國」？心頭、筆下俱感沈重，不覺發表了一些相關文章，居然也有一百多篇！在此要特別向兩位前輩致敬！一位是國立政治大學國際關係研究所已故的研究人員汪學文先生，他保存了許多大躍進時代的珍貴史料，他當時提出的論點，迄今仍不過時，如《中共文字改革之演變與結局》，給予筆者甚多指引！一位是臺師大國文系退休的黃慶萱教授，他將珍藏的《中共文字改革之演變與結局》贈與駑鈍的筆者，並期勉筆者研究此題目。研究過程認識一位知名的瑞典漢學家——高本漢先生（瑞典語：Klas Bernhard Johannes Karlgren，1889-1978年，瑞典漢學家，語言學家，文字學家），他的論著及卓見，令炎黃子孫自慚！主張簡化字的學者，該細讀他的著作！

　　在此也特別提出愛新覺羅・毓鋆（1906年10月27日至2011年3月20日）[4]對筆者的啟發。毓老過世那年，二十餘名弟子在春節向毓老拜年，毓老語重心長的提出：一般人都以為近百餘年以來，中國面臨

3　請參見本書第二章〈從中共文字改革歷史看簡化字〉。

4　愛新覺羅・毓鋆雖然身為滿族皇室冑裔，但在中華文化的傳承方面，高舉華夏大纛、觀念宏闊、包容！毫無族群之私！值得兩岸炎黃子孫參考！有關毓老的事蹟，請參見：許仁圖：《長白又一村》（高雄市：河洛圖書出版社，2012年）及張輝誠：《毓老真精神》（臺北縣：印刻文學，2012年）。

的最大變局是「政局」，其實是「文字的改變」！筆者當場頗有震懾之感，和另外兩名同學跟毓老約好「願聞其詳」，下次再拜見他。他還笑呵呵的承諾那時要穿上禮服，和我們三人合照。無奈天不從人願！約期未至，傳來的是毓老仙逝的噩耗！

老成凋謝，天將喪斯文乎？悲痛之後，轉念思考：生命是生生不息，代代相傳的！我輩既已面對此百年以來的文化變局，自當力挽狂瀾、捨我其誰？唯有人人盡己綿薄之力，方能聚沙成塔、眾志成城！

於是更加積極研究簡化字。二〇一四年和李柏翰博士合作，透過複雜網路計算方法，非常興奮的發現：透過「小世界理論」，可以清楚看出簡化字違背了傳統漢字演化的系統[5]！我們反對簡化字，不再只是情緒、立場的理由，而可得到更客觀、科學的理據支持！

遂以野人獻曝之心展讀單篇拙作，自覺雖然人微言輕，但下筆敬慎。以內容觀之，都和語文教育相關。從師資培育、十二年國教、語文政策、語文現象、教學方法……等各方面，都提出拙見。尤其立論基礎全都源於對漢字前途的憂心！抱著敝帚自珍之心，略加整理，遂成此稿。希望能就教於方家！

非常感謝陳滿銘教授的指點、鼓勵，並推介在萬卷樓出版！雖不曾在課堂上聆聽陳教授的講課，無緣成為入門弟子，但陳教授在語文教育上的貢獻、及在章法學上的成就，值得吾人效法！在此謹向陳教授及萬卷樓出版社敬致謝忱！

在此也非常感謝臺師大退休的劉德美教授對拙稿提出指正。好友切磋之樂，令人深感溫暖！此外也感謝許多指教者，他們認為今天中共在經濟上、政治上及軍事上都已躋身世界列強，本文猶如「螳臂擋

5　李柏翰博士研究甲骨文超過十年，近年繼續加入楚文字，小篆正體字、簡化字，研究成果已和合作者完成論文〈Complex root networks of ancient Chinese characters and the earliest Zipf's law〉。

車」，無法改變大局。但這正是筆者區區之意：吾輩今日不力挽狂瀾，更待何時？

最後期盼海峽兩岸博雅方家不吝賜教！

亓婷婷
謹識於國立臺灣師範大學國文系
中華民國104年（西元2015年）

第一章

緒論

——當前語文教育的省思

　　語文教育是一切教育的基礎。任何國家、族群、文化都知道其重要價值。

　　我們傳統的語文教育，奠基於漢代，以儒家思想為主，所以讀書人的目標是「成聖成德」，成為智德兼備的君子。能進入教育體系接受語文教育的，除了貴族子弟就是「凡民之俊秀」，可謂菁英教育。這從〈禮記・學記〉及朱熹〈大學章句序〉都看得很清楚。而現代的語文教育，則以培養現代化公民為目標，透過國家義務教育制度，廣設各級學校，人人（包括身心殘障者）都有資格入學，學習各種知識技能，可謂大眾教育。這是人類文明演進極高的成就，但也是從事語文教育工作者必須冷靜面對的艱難任務！因為教師面對的是多元、複雜的新教學環境。

　　以近年來學校教室生態為例，普遍出現學子「聽者藐藐」的現象：或埋首於手機世界，或伏案補眠；而教師卻在臺上「言者諄諄」的奇景！

　　語文教學的確已面臨必須與時俱進的新局面，目前當道的許多新教學方式，如：學習共同體[1]、翻轉教室[2]、學思達教學法[3]等⋯⋯相繼

1　由日本東京大學教育學研究科教授佐藤學提出。

2　美、澳等國教育界提出，臺灣大學電機系葉丙成副教授目前正大力推廣，且在自己的教室中有成功的經驗。

3　臺北市中山女高教師張輝誠博士近年大力推廣，他的教室也因此呈現新貌，觀摩者

應運而生,的確有其現實需求!

目前大家也都能接受「教室中的主角是學生,不是教師」的新觀念。那麼,教師的角色為何?韓愈所說的:「師者,所以傳道、授業、解惑也。」在現代社會還有意義嗎?

我們認為,所謂改進語文教育並非全盤否定過去的語文教育成果,以另一套全然不同的方式來取代,所以我們不主張激進的或破壞式的改革。再說,教師仍是語文教育的靈魂人物,只是教師的主要任務是透過現代科技,激發學生的自我學習動機。讓學生成為積極主動的學習者!

何況語文是民族思想、文化的表徵,而任何民族文化都是一點一滴累積而成的。文化本身具有累積的特質,不是任何一句口號可以輕易否定的。所以我們應當站在傳承與創新並重的立場,將傳統文化精華承襲下來,再輔以當代人智慧創新的成果,透過語文教育傳遞給新生代,完成民族大我生命的承續使命。

基於這種觀點,個人首先提出一些觀察。

筆者認為:當前臺灣的語文教育受兩大因素影響:全球網路時代及國內政局。

近年由於電腦的發明而出現的「全球網路時代」,非常值得我們注意。許多溝通新工具,如臉書、LINE、手機⋯⋯等科技新品,不但使人們的生活世界擴大至全球各地,訊息的傳遞也達到瞬息而至、無遠弗屆的地步!特別是人們觀念產生鉅變及資訊泛濫的現象,非常值得我們正視。正如艾文‧托弗勒(Alvin Toffler)在一九八〇年出版的《第三波》(*The Third Wave*)中所說:「21世紀的文盲,不是那些不能讀和寫的人,而是那些不能學、不願學和不再學的人。」的

絡繹不絕。

確，第三波網路時代改變了我們的學習行為及教育內容、方式。現代的學生都是數位時代原住民（digitive native），從小習慣於聲音、影像、文字等聲光視覺的多元學習方式。單向的教師講解、學生聆聽這樣的學習方式，當然有待改進！

而所謂國內政局，包含兩岸關係及臺灣內部政治力量的變化兩方面。以臺灣內部政治力量的變化來說，臺灣自一九八七年七月十五日宣布解除「臺灣省戒嚴令」，各方面都呈現了求新求變的現象。該戒嚴令自一九四九年五月十九日頒布，歷時38年，主要維持了社會的穩定及秩序。相對的，也較壓抑及僵化，所以，宣布解除戒嚴以來，批評反省的風氣蔚然而起。且解嚴後，歷經政黨輪替，所有從事語文教育者均能深切感受到解嚴前後的明顯改變。以語文教育來說，從改革學制、推動十二年國教、改革聯考入學方式、倡行多元入學、重新修訂中小學教科書、改訂課綱、倡議方言教學及雙語教學、正視文字繁簡問題、大眾傳播媒體任意自創新詞……等等一連串的爭議話題中，我們都可以看出語文教育在政治觀念改變後所產生的影響。

而兩岸關係的變化，也是源自解嚴之後，開放大陸探親，兩岸民間可以來往、通商。大量臺灣商人湧入大陸投資，成為「臺商」，配合大陸的改革開放政策，成為今日大家所目睹的「中國崛起」！如今中共政權成了全球矚目的新霸權，二○一五年提出的亞投行，為「一帶一路」計畫落實財源[4]，尤其令人瞠目！美國獨霸全球的局面明顯

4　「一帶一路」是一項重要的中長期國家發展戰略計畫，主要為解決中國過剩產能的市場、資源的獲取、戰略縱深的開拓、國家安全的強化及國際貿易的主導這幾個重要的戰略問題。簡言之，「一帶一路」是所謂中國思維之全球布局。「一帶」是指「絲綢之路經濟帶」，為陸上絲綢之路，連接亞太地區及歐洲，而中間經過的中亞地區有豐富的資源，大陸藉此可以發展和這些國家的經濟合作夥伴關係，計畫加強沿路的基礎建設，消化中國過剩的產能，並帶動大陸西部地區的開發。足以和張騫絲路媲美！「一路」即「廿一世紀海上絲綢之路」，是沿著海上絲綢之路，發展中

受到挑戰！臺灣夾在兩大政治強權中，究竟該如何自處？已是一個不容迴避的難題！

我們認為：臺灣不必自我矮化、自我否定，臺灣的優勢是文化的力量！一甲子以來，臺灣未受中共文化大革命的影響，完好的保存傳統文字，又採行了西方的民主法治制度，雖然未臻完美，但所得到的經驗，絕對是未來中共政治轉型的參考典範！

基於這種宏觀的角度，個人認為當前語文教育至少應關心下列的問題：

一　正視中共簡化字造成的影響

近六十多年來，由於政治上的分裂，造成海峽兩岸語文方面的歧異發展，簡化字及正體字各據一方。如今在期望和平的心理下，雙方正展開學術文化等多元交流活動。語文界對雙方在字型繁簡、詞彙等等不同差異之問題，應加以重視。本人原主張可利用電腦系統，建立對照比較的詞庫[5]，或從學術立場，分析字型、詞彙之優劣，供大眾

國和東南亞、南亞、中東、北非及歐洲各國的經濟合作關係，帶動大陸江蘇、浙江、福建、廣東、海南及山東六個沿海省份的經濟。可以媲美鄭和下西洋的路線。「一帶一路」串聯了亞非歐二十六國，合計四十四億人口、二十一兆美元的GDP（取材自2015年3月18日工商時報社論）。亞投行是中國主導成立的「亞洲基礎設施投資銀行（AIIB）」簡稱，是最新的旗艦計畫，為一帶一路的相關建設提供融資平臺。

5　中華文化總會主持的中華語文知識庫http：//chinese-linguipedia.org/clk/news已完成此工作。「中華語文知識庫」雲端網站，是中華文化總會自民國九十九年八月五日籌畫，由兩岸共同建立的。已完成《兩岸常用詞典》三萬筆、《兩岸常用學術名詞》三萬筆及《兩岸常用中小學教科書學術名詞》約五千筆。總計詞語註解超過百萬字。民國一〇一年二月六日在兩岸同步正式上線供全球檢索。《兩岸常用詞典》民國一〇一年六月正式出版。但這並未能解決基本的問題——書同文，應再透過字體的資料庫（甲骨文、金文、楚文字、小篆、隸書、楷書等）字形演變，先規範出字體的形、音、義，則「中華語文知識庫」更有實用價值！

在使用時參考，讓不適用的字體或詞彙自然淘汰，兩岸文字自然融合發展。但近年來，筆者在教學現場發現：年輕學子大量利用網路資源，透過GOOGLE繁簡轉換，使得傳統文獻出現許多令人憂心的現象：如「天干地支」成了「天乾地支」，中國文學史上出現許多新作家，如「蘇子雲」、「朱子雲」……，筆者遂從簡化字發展之歷史角度，了解中共當時雖以消滅文盲為口號，實則包藏禍心，欲根本消滅漢字，遂行拉丁化之政治意圖。文字本無優劣，但中共簡化字若有此初心，其對漢字系統的破壞，宜公之於世，供所有炎黃子孫公評！此外，近年與李柏翰博士等人合作研究漢字的演變[6]，又發現自甲骨文、楚文字、小篆、楷書等字體的字根關係，有其共同的發展趨勢，而中共的簡化字則違背此自然演化規律。換言之，今天在全球孔子學院大行其道的中共簡化字，是否隸屬漢字家族？中共簡化字能否正確傳承博大精深的中華文化？值得正視！如中醫用字，若改為中共簡化字，許多傳統文獻將成為天書！筆者在此提出強烈的呼籲：希望中共放棄簡化字，或由兩岸文字學專家共同合作整理漢字（因為異體字實在不少，且方言字如何呈現？此問題必須解決）！若兩岸能有乙套漢字系統，必能為未來語文教育奠定堅實基礎。

二　正視中文在二十一世紀的重要地位

二〇〇四年六月十一日的《中國時報》刊登英國語言學家David Graddol的預言：二〇五〇年，全球最普遍使用的語言將是華語、印度語、阿拉伯語。未來十年新的必學語言是華語。英國《泰晤士報》也刊登類似的訊息；英國人沃森於二〇〇二年擔任歐洲議會議員期間

6　Complex root networks of ancient Chinese characters and the earliest Zipf's law, Po-Han Lee etc, preprinted 2014.

也預言：二十一世紀，中文和英文將成為全球最主要的兩種語言。

當然大家都了解這和近年中共的崛起有關。但中共目前使用的簡化字實在不足以承載、代表精深博大的中華文化！

臺灣在華語教學（第二語言/外語教學）方面，必須努力使正體字成為二十一世紀漢字的主流！在第一語言的教學方面，必須釐清國語與方言的關係，不宜自亂陣腳！

國語是一個國家人民相互溝通、表情達意的重要工具。中華民族由於歷史悠久、疆域遼闊，歷經多次戰爭融合，在語文統一上可說頗不容易，自秦始皇時代以專制政治力量完成了「書同文」之後，「語同音」的理想一直無法達成。民國肇建，有心之士深知統一語言乃民族團結之要素，所以制定注音符號努力推行國語。近六十餘年以來，在臺灣地區推行國語斐然有成，但今天許多人卻在「本土化」的口號下，要求以閩南方言替代國語，甚而要求國民教育改用方言教學。事實上，推行國語並不等於消滅方言，二者可以並行不悖，視使用場合、情境不同，各取所需。何況，中國方言眾多，我們如何能獨尊某方言？以臺灣地區來說，閩、客方言均有眾多使用者，但其他各地的方言如粵、川、湘、蘇、浙、滬、原住民語言……等亦有使用者，尤其原住民語言，隨族群不同，彼此並不能溝通。日人殖民時期分其為九族，而今至少有十餘族，各有其族語。如何能厚此薄彼？從事語文教育者應釐清二者的關係，推行國語並在公眾場合使用國語，各族群相互包容、尊重，這是全民應有的共識。

三　雙語教學應有正確的目標

由於英語乃今日國際間強勢語言，臺澎金馬地區在「國際化」的口號下，許多家長將學齡前的子女送往英語補習班，冀望子女能習得

一口地道而純正的英語（或美語），為未來前途奠基。因此，近年來，「長頸鹿」、「大鳥」、「芝麻街」、「佳音」、「何嘉仁」、「科見」……等等兒童英語補習班如雨後春筍般出現，也因此引來語文界對「雙語教學」的爭論。我們無意批評家長「望子成龍」的心態，但想指陳一點；語文絕非單純的發音符號而已，它是文化的表徵。學習外語事實上就是學習該語文代表的文化及思維方式、邏輯觀念、生活態度……等等。這需要時間的累積，更需要長久的努力，絕無速成之功。「精通」一種語文，往往是天才加上努力的結果，豈屬易事？近年藉加考英語聽力，及畢業門檻必須通過某些英語測驗，如多益、托福、全民英檢……等方式，以求提升學子的英語能力，事實上並未真正達到外語教育的目的！因此我們應嚴肅思考學習外語的動機和目的為何？若傾國家之力實施雙語教育，對下一代身心引發的文化差異、文化認同等問題，該如何協助他們自我調適？尤其母語在外語衝激下引起的語文變化問題，如詞彙、語法等等，例如臺灣曾流行的KTV、卡拉OK、小耳朵、大哥大……等新詞；如某政府單位製作的海報「迎接八十年整潔」這類語法怪異的新句型等等。這些都是語文界應正視的問題，例如是否該定期整理一些新詞？是否該統一外來語（含各學門專有名詞）的譯名？但我們並非反對國民學習外語，只是希望大家思考清楚：培養外語人才並非培養未來的異國公民，或是為了移民之需。我們的留學政策已實施了百餘年之久，豈能世世代代永遠依賴「留學」來培養人才？我們的語文界應重視如何培養具有語言天分的優秀人才，將雙語教育納入資優教育體系，以培養國內需要的語文專業人才、各種外語翻譯人才、外交人才、國際貿易人才，使他們真正為社會貢獻所能，而非只是淪為異國公民而已。更何況，21世紀全球最熱門的「外語」正是華語！我們是否該正視全球「雙語教學」的教師都面臨該教那一套中文字的煩惱？兩岸文字學專家該攜手合作解

決這問題！

四　如何結合現代科技融入語文教學

　　網路時代的特色就是傳播訊息的方式快速且訊息量多達泛濫的地步。現代學子人人有手機，每天花大量時間在臉書上，但語文能力並未隨之精進，反而出現一些怪象，如所謂的「網路語言」，胡亂借用同音字，如國中小曾流行「醬子」（這樣子）一詞。未能善用現代科技，實在很可惜！筆者多年來和永吉國中資訊組長邱贊生合作，培訓大四修教學實習課程的師資生學習電子白板軟體smartboard與即時回饋系統（IRS）軟體，覺得電子白板教學值得推廣。我們也曾參觀康橋中學，該校每間教室都有電子白板教學設備。教師可立即上網，取得教學所需之資料，如日本福島核災的新聞畫面，令人印象深刻！若學校能與故宮合作，古代名家書畫、故宮珍藏均能呈現在教室中，相信對語文教學大有助益！當然，目前電子白板軟體各廠牌不統一且無法相互使用、全套設備費用昂貴、教師如何互相分享教材等，都是亟待先解決之問題！

五　十二年國教與語文教學之關係

　　臺灣地區的語文教育由於受考試及升學主義之影響，不論是國語或英語教學皆有偏差的現象。一個學生學了六年英語，記憶了許多文法規則及詞彙，卻無法開口與外國人交談；或者一個學生學了十二年國語文，提筆卻錯別字連篇或辭不達意，都不是什麼怪現象。主因就在於我們的語文教育淪為以應付考試為唯一目的，以通過升學關口為最高理想。往往忽略了透過語文，陶冶性情、培養品德、提昇人生理

想及樹立積極健全的思想。換言之,語文成為智育的工具,分數的傀儡,並未真正發揮其應有的功能。自一〇三學年度起,十二年國教正式上路,本來這是許多人期待的改革,非常可惜的是:大家的目光都集中在入學方式的問題,如是否恢復聯考制度?如何比序才公平?反而引起家長、師生的反彈!完全忽略了十二年國教其實可以給予中小學教師更多發揮的空間!擺脫升學考試的壓力,教師可以因才施教,邁向適性揚才的理想,包括自編教材、自創有效的教學方法,使教室呈現各種新貌![7]尤其國語文教材有一部分以古典散文為主,過去教師僅注意文言與白話之間的翻譯、解釋等問題,無暇就思想、情感之層面多所發揮,致使不少學生誤以為國文課就是僵化、無聊、死記死背的代名詞。以今日電腦應用之廣泛,多製作一些視聽媒體教材,多設計一些輔助教學軟體,多編印一些精美的語文教科書,皆非難事,換言之,在十二年國教的新制度下,改進教材與教法實為今日語文界當行且能行的工作。

六　師資培育與語文教學之關係

「中興以人才為本」,同理,師資培育才是教育改革成功的關鍵!自八十三學年度起,臺灣從計畫式的公費師資培育制度改為儲備式的自費師資培育制度。不但廢除了全公費的師範教育制度,所有師資生於實習完成後必須參加教師檢定考試,及格之後才能參加教師甄試,謀得教職。實習期間沒有任何津貼,且要另付學分費。原來全國九所培育中小學師資的師範大學院校改制為綜合大學,僅保留少數科

7　其實,現在許多中學教師已使教室有了不同的風景。如麗山高中詹秋薫老師的教學方式即為一例。見《中國語文月刊》681期〈教室中的新風景〉。再如臺北市成淵中學103學年度推行電子書晨讀,見《聯合報》103年10月23日B2版報導。

系公費分發至偏遠地區的制度。由於供過於求，加上媒體炒作，短短數年即出現「流浪教師」的議題。所謂「流浪教師」其實大部分仍在教育界，只是無法取得正職實缺，年年以代理代課名義任教而已。有人因此流浪十年之久！後來加上「少子化」因素，「流浪教師」問題遂影響到大學的師培制度。目前師培大學本身已減量，且各校師培生的名額亦有限制，以國立臺灣師範大學為例，欲修教育學程者需符合相當條件，並非進入該校即可自由選修。近年為爭取家境清寒的優秀師資生，該校不少科系設立獎學金制度，類似公費時代的師範生，但沒有必須服務的義務。僅少數領取各縣市提供之獎學金者，有服務年限之規定，而好處是畢業後直接分發任教，不必透過教甄考試。筆者認為目前的師培制度仍有待改進，特別是如何甄選出具有良師特質及潛力的師培生？師培大學的專業課程與教育學程如何搭配？尤其是大四教學實習課程目標不明確。有些雙主修的學生，居然不曾修過文字、聲韻、訓詁等語文專業課程，未來就可以擔任國文教師！有些師培生善於考試，但不見得具備教師特質。目前臺師大師培處正在規畫改進這些問題。

　　以上所舉，僅筆者管見所及，以下各章，皆多年來研究所得之淺見。願就教於方家並與所有從事語文教育工作者共勉之！

參考文獻

一　專書

黃政傑等人　《開放與前瞻——新世紀中小學教育改革建議書》　臺
　　　　北市　漢文書局　1995年

二　期刊論文

韓長澤　〈數位時代的來臨對教育的影響〉　《研習資訊》　第28卷
　　　　6期　2011年12月

第二章
從中共文字改革歷史看簡化字

一　前言

　　全球近年有所謂的「中文熱」／「華語熱」，主要原因是中共政權經濟勢力的崛起，二〇〇八年八月又主辦了世界奧運，儼然躋身世界列強之林。於是，今天所有從事華語文教學的工作者，都面臨了一個問題：究竟該教傳統的漢字，還是中共政權（以下簡稱「中共」）已推行了半世紀的簡化字？尤其，二〇〇四年又傳出聯合國「從2008年後聯合國使用的中文一律使用簡體字」。在全世界使用中文的地區立刻引發爭議，網路上還有抗議的簽名連鎖信。後來雖澄清是烏龍事件，但中文字的繁簡之爭再度成了話題，餘波盪漾未已。

　　迄目前為止，中共官方的態度仍是以不願放棄簡體字為主。例如：二〇〇八年《環球雜誌》第2期刊出一篇〈不為人知的內幕，中日韓，誰在主導「漢字標準」？〉的報導，透露：

> 2007年11月，韓國《朝鮮日報》報導稱：在北京舉辦的第八屆國際漢字研討會上，同屬漢字文化圈的韓中日三國學界已就統一漢字達成協議，決定製作一部漢字《比較研究字典》，並制定以繁體字為主、統一字形的5000～6000個常用漢字標準字。

　　不過，該雜誌又引用北京大學中文系蘇培成教授的看法，否認了上述的報導：

統一的難度是很大的，文字政策是國家主權的一部分，不可能
向別國看齊。再說，老百姓不關心這事，統一了以後好處並不
明顯。

又引用北京師範大學漢字與中文信息處理研究所所長王寧的說法：

我從不否認簡體字存在弊端，我們曾經提出恢復八個繁體字，
比如乾濕的乾，和幹部的幹區分開，但就是這八個字也沒能通
過。

王寧還表示：「語委的態度是不再繼續簡化漢字。」

我們強烈的質疑，「老百姓不關心這事」，是事實嗎？至少目前全
球的華語文教師、兩岸的語文教師、學術研究者、想了解中華傳統文
化的一般人，都是非常關心此事的族群。而中共若仗著國力強盛，只
想維持「不再繼續簡化漢字」的駝鳥態度，將面臨違逆漢字演化的大
方向──「標準化」的重要問題，誠如高麗大學國文教授金興圭所言：

中日韓三國從歷史上就共有文化資本，漢字是相互進行資訊交
流的非常有用的資產。應該使漢字標準化工作因字形不同產生
的非效率性層面達到最小化。[1]

尤其中共今天已以中華文化傳承者自居，從二〇〇八年八月八日
北京奧運開幕儀式看得很清楚，中國傳統文化的四大發明及文字符
號，都成了中共向世界炫耀的資本。但愈向傳統文化靠近，愈深入中

1　詳見謝黎、陳昕曄、詹德斌、藍建中：〈不為人知的內幕，中日韓，誰在主導「漢
字標準」？〉，《環球雜誌》2008年2期，頁62-67。

華文化核心，將發現簡化字不但不是承載中華文化的橋樑工具，反而是切斷傳統文化臍帶的斧斤，這是號稱「二十一世紀是中國人世紀」的中共領導人必須正視的問題！

　　事實上，翻開史頁，漢字繁簡之爭，早在清末「師夷長技」的時代就已開始。甚至中華民國建國初始，國民黨執政時，教育部曾於民國二十四年八月二十一日公布〈第一批簡体字表〉三百二十四字，但民國二十五年二月即宣布廢止。民國三十八年以後，兩岸對峙的局面成形，在國共鬥爭的時代，這個問題牽涉到政治立場，壁壘分明、十分尖銳，乃理所當然之事。[2]

　　但是，隨著科技的進步，電腦及網路的發達，當年推行簡化字的許多理由已完全不存在，兩岸政治對立的情況也逐漸在消融中，我們希望能夠以全新的視野，首先回顧大陸文字改革的歷史過程，並探討簡化字與中華文化傳承問題，希望能透過對歷史的回顧與反思，提供兩岸決策者參考，共同思考漢字的未來，解決全球華語文教師共同面臨的難題！

二　研究方法及資料

　　有關繁簡字的論述已非常豐富，本文主要想以一個新的視角，透過文獻資料，回顧漢字改革歷史。由於民國三十九年以後，臺灣和大

2　本文使用的資料，涉及年號部分，使用中華民國或西元紀年，皆依資料出處，並未加以統一。此處依中華民國教育部：《簡体字表第一批》（南京市：中華民國教育部，1935年）之原件年號，該原件「体」不作「體」。這份原始文件由林中明先生提供。當時教育部長王世杰簽署於民國二十四年八月二十一日頒布，文件號碼為「部令第11400號」，共頒布三百二十四個簡體字。當時的行政院長為汪精衛。可參見路燈光、路燈照：《海峽兩岸簡體字研究》（臺北市：臺灣學生書局，1992年），頁295-297。

陸完全處於對立狀態，且中共對資料保密到家，第一手資料取得不易，幸賴「國際關係研究所」於民國五十六年元月出版汪學文先生的大作《中共文字改革與漢字前途》，其中保存甚多史料。[3]

汪學文先生當時身為該所副研究員，從事中共文化與教育研究多年，其分析評述，雖已是四十餘年前的觀點，今日看來仍頗有價值，值得我們肯定，尤其簡化字發展迄今，其所產生的問題，完全不出當時反對聲浪（特別是中共「鳴放時期」）之預言範疇，這是值得中共決策者深思的，是否仍該堅持錯誤的方向與道路，執迷不悟下去？故本文特別以汪學文先生的大作為基礎，審視簡化字在中華文化傳承中，對中國文學領域所造成的影響。至於以後漢字整理的方向如何？

本人認為，全球漢字使用者，都該注意自民國八十二年起，中央研究院由謝清俊教授主導的「漢字構形資料庫」。該資料庫目前發展為「小學堂文字學資料庫」，由行政院國家科學委員會經費補助，臺灣大學中國文學系、中央研究院歷史語言研究所、資訊科學研究所、數位文化中心共同開發，開放大眾使用。該資料庫對漢字字形的收集可謂相當完備，目前收錄楷書字形九一五一〇個。《漢語大字典》異體字表一二二〇八組。《說文解字詁林》的小篆及重文共一一一〇〇個。《金文編》中的二二七二九個金文。《楚系簡帛文字編》增訂本中的三七六一四個楚系簡帛文字。《殷墟甲骨刻辭類纂》中的二七〇〇個甲骨文。收錄《楚系簡帛文字編》（增訂本）的三七六一四個楚系簡帛文字。[4]

3　除本書外，另有汪學文：《中共文字改革之演變與結局》（臺北市：國立政治大學國際關係研究所，1983年）；汪學文：《共匪文字改革總批判》（臺北市：國立政治大學國際關係研究所，1974年）等書，筆者認為本書寫作時間最早，可看出中共簡化字的發展根源，故以本書立論為主。

4　依據中研院資訊科學研究所的公告：漢字構形資料庫個人電腦版自即日起，不再更新，請直接使用小學堂文字學資料庫。（2013年4月26日）

　　這個資料庫的主要特色如下：一、銜接古今文字以反映字形源流演變；二、收錄不同歷史時期的異體字表，以表達不同中文字在各個歷史層面的使用關係；三、記錄不同歷史時期的文字結構，以呈現中文字因義構形的特點；四、使用構字式及風格碼來解決古今文字的編碼問題。且該資料庫已於民國九十六年開放給各界免費使用，許多年輕的電腦工程師正利用它發展更便利的使用技術，例如「可攜式造字」之類，解決中文字在電腦上的缺字問題。這對中華文獻的保存、記錄和未來發展，都是十分值得我們注意的。繼謝清俊之後，莊德明曾將之擴展為「文字學入口網站」，希望能容納更多的書寫系統，包含簡化字、日本漢字等。他說明文字學入口網站具有下列特色：一、多語的使用介面；二、多樣的檢字方式；三、可檢索不同字集；四、可解決缺字問題；五、提供字典網站連結等等。[5]目前已發展為小學堂文字學資料庫。

　　筆者認為，兩岸若能攜手合作，以該資料庫為基礎，將漢字重新加以整理，將是二十一世紀人類值得大書特書的歷史盛事！

三　中共文字改革是政治運動

　　英國《衛報》（The Guardian）於一九六五年四月五日的專欄說：

　　　　十幾年來，中共一直在想廢除漢字，採用拼音文字，以達到她從根鏟除中國固有文化的企圖。但是，經過十幾年來的蠻幹，結果仍然是行不通，反而增加了許多麻煩。

5　請參考莊德明、鄧賢英：〈文字學入口網站的規畫及應用〉，論文發表於山東煙臺魯東大學舉辦之第四屆中國文字學國際學術研討會，2008年8月15日。

　　《衛報》分析中共的三步計畫是：一、簡化漢字；二、消除方言；三、使用拼音字母，完全廢除漢字。

　　回顧這段歷史，非常令人感慨！其實，《衛報》這篇報導之前七年，西元一九五八年，中共已採妥協的方法，就是宣布將「拉丁字的羅馬拼音方法」做為學校裡「學習中文的輔助工具」，而今，這套符號再轉化（略有增刪）成了國際間承認的「漢語拼音」系統。更令人慨嘆的是，時空流轉，不過六十年間，中共今日居然以中華文化的傳承者自居，不再鏟除中國文化，且在全世界普設「孔子學院」[6]。

　　從原訂目標一百所，已快速增長，目標將達至一千所！但矛盾的是，中共在「孔子學院」傳遞的不是他們曾批判、揚棄的儒家思想，而是簡化字及意識型態。豈非真應了俗語所云「掛羊頭、賣狗肉」？孔子若生於今日，恐怕也要上街頭抗議吧！

　　值得我們注意的是，一九六五年英國《衛報》即以「旁觀者清」的立場，指出了一個核心觀念：漢字簡化，其實是政治運動，不是學術文化的自然發展成果，也不是單純的文化改革，其最終目的是廢除漢字，達到中國文字拉丁化的目的。只是中共實施漢字拉丁化的手段非常粗糙且蠻橫，所以不得不轉為簡化字，其最終目標——消滅漢字，其實並未改變。所以簡化字產生的諸多問題，主其事者其實心知肚明，但當時只以「過渡時期」視之，故意不處理。而今時空輪轉，決策者是否該深切反省「消滅漢字仍是終極目標嗎」？

　　回顧當初主張「廢除漢字」者的論點，實在令人有「其心可誅」

6　自二〇〇四年十一月二十一日，全球第一所孔子學院在韓國首都首爾成立。二〇〇五年，歐洲第一所孔子學院在瑞典斯德哥爾摩大學成立。但二〇一五年一月瑞典宣佈關閉該學院。所謂「孔子學院」，是中共在海外設立的漢語教學機構，通常和各大學合作，附設於該校漢學系所，所以成長速度驚人，一年後即有二十七所，發展極速。至二〇一二年一月，全球已有三百五十八所孔子學院，另有五百個孔子課堂，分布在一〇五個國家和地區。

之嘆！例如，民國二十年九月二十六日，中共在海參威舉行「中國新文字第一次代表大會」時的宣言：

> 中國漢字是古代與封建社會的產物，已變成了統治階級壓迫勞苦群眾工具之一，實為廣大人民識字的障礙，已不適合于現在的時代。

所以主張：

> 要根本廢除象形文字，以純粹的拼音文字來代替它。並反對用象形文字的筆畫來拼音或注音，如日本的假名、高麗的拼音、中國的注音字母等等的改良辦法。[7]

杜子勁在〈中國文字改革運動中幾個問題〉一文中，更強烈而露骨的指出：

> 漢字的缺點是補救不起來的，它的決定的前途是被廢除，它的最適當的去處是博物館或者大學研究院。……當新文字還沒有建立起來可以取而代之的時候，我們還要藉重它，因而就須要照顧它、修補它，到了一定的時期，我們就扔掉它。……漢字的殘年也決不會長久，我們要促其退休，延續的時間求其愈短愈好。我們工作的重心是在新文字的創設，我們要促其成長，建立的時間求其愈快愈好。[8]

---

7 杜子勁編：《1949年中國文字改革論文集》（上海市：大眾書店，1950年），頁203-204。

8 杜子勁編：《1949年中國文字改革論文集》（上海市：大眾書店，1950年），頁176。

張芷《論中國文字改革的統一戰線》中〈論漢字淘汰〉：

> 為了達到「消滅漢字」的唯一目的，使目前通行的漢字減少其
> 數量的一切可能方法，我們都歡迎。……為了消滅漢字，在某
> 種程度上，打亂漢字的精密，正是必要的，在我們的立場看，
> 漢字的那種過細的區別是完全為了防止它自身加速的崩潰而產
> 生的，我們正應該打亂它。[9]

可見中共當初推行簡化字，是在特殊歷史時空背景下的政治運
動，從「廢除漢字」變成「簡化漢字」，其動機與目的，都並不是真
正要改革、整理已發展數千年的漢字，使其永續長存。

四　中共簡化字的歷程及整理漢字的方法

中共推行簡化字，其實有兩股源頭，一是在西潮入侵之後，民族
自信心喪失，部分知識份子反思所得的救亡圖存之方；一是國際共黨
文化侵略的結果。兩者分分合合，形成今天中共使用的簡化字。

（一）簡化漢字不是共產黨的專利

唐宗力認為：「簡體字不是共產黨的專利」[10]
他指出近代漢字改革的發端是胡適、陳獨秀所倡導的新文化運

9　張芷主編：〈論漢字淘汰〉，《論中國文字改革的統一戰線》（上海市：東方書店，
　　1950年），頁2910。

10　見唐宗力：〈傳聞聯合國將廢止正體中國字改採簡體字之評析〉，《新中華》2006年
　　20期。有關此問題之論述甚多，由於唐氏二○○六年是美國奧本大學社會學教授，
　　他的看法可一窺海外一般學者對此問題之見解，故特別引錄。

動。該運動是在列強壓迫下，主張以「民主、科學」拯救中華民族，而首要工作是推廣教育，所以有「白話文運動」、提倡新式標點符號等等具體行動，形成了現代的漢語。同時，錢玄同等人認為漢字難寫難認，是導致中國落後的原因之一，所以一九一八年在《新青年》雜誌上，錢氏提出「改革漢字」，從簡減漢字筆畫入手，最後走向拼音文字。一九二二年，國語統一籌備會上，錢玄同與陸基、黎錦熙、楊樹達提出《簡省現行漢字筆畫案》，一九三四年六月錢氏編寫《簡體字譜》，收錄兩千三百多字，一九三五年，國民政府教育部選出三百二十四字，即《第一批簡体字表》，這是歷史上首次由官方公布的簡體字，但很快又收回不用。一九三五年，上海有十五種雜誌試用「手頭字」（約三百個）。

　　的確，改革漢字不是中共的專利，它原是五四新文化運動的產物。而在新文化運動之前，又有梁啟超、沈學盧、王照等人提出教育不能普及的原因之一就是「漢字」書寫繁難。尤其王照曾創「官話合聲字母」，當時直隸總督袁世凱、兩江總督周馥、盛京將軍趙爾巽等為了推行王氏的主張，在天津、南京、奉天等地辦理大規模的「簡字學堂」。這是當時普遍的論調，將晚清以來，中國落後不振的原因完全歸於漢字，其實這反映的是民族自信心的低落（甚至是崩潰）。依高明教授之見[11]，遠在光緒二十年甲午之役、光緒二十六年庚子之役之後，中國戰敗，一時民族自信心完全喪失，「有些人覺得我們中國什麼都不行，而文字亦不能例外，於是字體簡化的問題就被提出來了」。光緒三十三年（1907），勞乃宣在南京出版《簡字全譜》，並慫恿那時的議會「資政院」許多議員支持他。今天，大陸討論繁簡字的

---

11 高明：〈我對於簡體字問題的意見〉，收錄於中國文字學會主編：《文字論叢第一輯》
（臺北市：文史哲出版社，2001年），頁195。

論述中，許多都提出一九〇九年陸費逵在《教育雜誌》創刊號上發表〈普通教育應當採用俗體字〉，「揭開中國簡體字推行運動之序幕」，實在是罔顧歷史事實的敘述。

我們想指出的是，五四新文化運動潮流下，知識份子希望改革漢字，和今天中共實施的簡化漢字，其實有本質上的不同。尤其依錢玄同之見而公布的《簡体字表第一批》在「第三條」中明確的指出「左列三種性質之簡體字，皆不采用」，甚至「偏旁暫不改易」，但中共的簡化字卻將這些「一字取代多字」、「字形過於相似」、「以部分代替全體、破壞六書系統」的字全納入一九五六年推動的「簡化字」中，才造成今天的漢字困境！

至於陸費逵提出的「俗體字」，乃流行市井，「約定俗成」，有其特定的使用場合，並不能用於廟堂之上或經典傳習之所。而中共今天的「簡化字」，有些是無中生有的自造新字，有些是破壞漢字系統的訛字，與陸費逵之見尤其有本質上的差異！

正確的說，簡化字是民族自信心遭遇打擊後，一些知識份子提出的反思。可以溯源至清末政治式微的年代，的確不是中共的專利。[12]

然而，中共承襲了這股風潮之後，卻以粗糙手段，只注意「書寫方便」，以筆畫減省為目標，完全破壞中國文字形音義合一的特質，這才是我們真正反對簡化字的原因之一。

（二）國際共黨的文化侵略

溯源中共簡化漢字的歷史，絕對不能忽略它與國際共黨的文化侵略關係，也就是蘇俄推行的「語文同化政策」。

---

12 當時，改革的對象不只是漢字，而統稱為「掃除文盲」，例如：一九一九年五四運動，提倡白話文，改變文體，並提倡從左到右橫行書寫方式，還包括「推行國語」，如將「官話」改稱「國語」，一九二四年北洋政府以北京語音為標準音。

　　一九一七年，「十月革命」之後，蘇俄掀起一個文字拉丁化運動，列寧稱它為「東方偉大的革命」。一九一七年十二月二十三日，蘇俄教育人民委員會公布實施《俄文正字法》，一九二八年十月十日此法令得到正式批准。當時提出「掌握文字是真正掌握政權的一個重要條件」、「現代文字改革運動是以十月革命為起點的」。[13]

　　史達林於一九五○年就明白的表示：

> 全世界都是要通過新民主主義走向社會主義而實現共產主義的，全人類的語文都是要通過統一的「民族語」，走向合作的「區域語」，而實現共同的「世界語」的。[14]

　　一九五一年底，毛澤東指出：「文字必須改革，要走世界文字共同的拼音方向」[15]算是呼應這種主張，也揭開了中共改革文字的序幕。

　　一九二一年起，蘇俄境內十八個土耳其民族開始廢除阿拉伯文字，改用拉丁化文字。可以看出蘇俄同化其境內少數民族的方式，就是採用「文字改革」的手段。尤其一九二八年，將其境內講漢語、使用漢字的「東干族」，以「拉丁化文字方案」，成功的於一九五三年迫使他們使用俄文字母的拼音文字。主持人就是「龍果夫」，他後來又主持「拉丁化中國文字」及「中國文字方案」。

13　周有光：〈十月革命和文字改革〉，《文字改革月刊》11月號（1957年），頁3-5。亦見於汪學文：《中共文字改革與漢字前途》（臺北市：國立政治大學國際關係研究所，1967年），頁31。

14　黎錦熙：《中國文字與語言中冊》（北京市：五十年代出版社，1953年），頁36。引用史達林：《答阿、霍洛波夫書》。亦見於汪學文，《中共文字改革與漢字前途》（臺北市：國立政治大學國際關係研究所，1967年），頁1。

15　毛澤東：《第一次全國文字改革會議文件匯編》（北京市：文字改革出版社，1957年），頁5。

　　蘇俄策劃中國文字改革的真正目的，其實是消滅漢字，和廢除其境內少數民族語文的目標完全相同，「簡化漢字」只是過渡手段而已。從蘇俄制定「北方話拉丁化新文字」（簡稱「北拉」）可見一斑。

　　早在一九二八年底，莫斯科「中國問題研究所」就開始研究「中國文字拉丁化」，視之為「重要的理論問題」和「中國文化革命的實際任務」。一九二九年一月，俄國漢文教授郭質生提出「中文拉丁化」報告。二月瞿秋白與郭質生共同制定「拉丁化中國字母草案」。五月二十三日，莫斯科舉行「中國問題研究會」，推瞿秋白與俄人郭質生、龍果夫三人組織委員會，為〈拉丁化中國字母草案〉作定案。六月，莫斯科成立「消滅文盲社中國支部」，推吳玉章編寫「北拉」課本；七月，發動十萬名華工學習；十月，瞿、郭二人出版一本《中國拉丁化字母》的小冊子；十二月，列寧格勒「蘇聯科學院東方研究院」正式成立研究「拉丁化中國字」的小組。

　　一九三〇年，研究瞿、郭擬訂的「字母草案」，並由龍果夫校訂「拉丁化中文課本」。一九三一年，「蘇聯各民族新文字中央委員會」多次集會，通過「中國新文字」二十八個字母。一九三一年九月二十六日在海參威召開「中國新文字第一次代表大會」，將中華民族列為蘇俄各民族之一，成立「遠東地區新字母委員會」，負責推行工作。通過「中國漢字拉丁化的原則和規則」（又稱「北方話拉丁化新文字」，因為它規定以北方口音作標準先行實施），要求「要根本廢除象形文字（漢字），以純粹的拼音文字來代替」，會後，積極進行掃盲、編印課本、創辦《擁護新文字》報等工作，均由「蘇聯遠東邊疆新文字委員會」主其事。一九三二年，在海參威又召開「拉丁化中國字第二次代表大會」，繼續推動「新文字工作」。依蘇聯科學院東方學研究所一九三三年統計，三年中的出版物達十萬多冊。

　　「中國漢字拉丁化的原則和規則」（又稱「北方話拉丁化新文

字」）共十三條。其中第九條最值得注意：

　　大會反對資產階級的所謂「統一國語運動」。所以不能以某一
　　個地方的口音作為全國標準音。中國各地的發音大概可以分為
　　五大種類：一、北方口音；二、廣東口音；三、福建口音；
　　四、江浙一部分的口音；五、湖南及江西的一部分口音。這些
　　地方的口音，都要使他們各有不同的拼法來發展各地的文
　　化。……以後再進行其他地方口音作標準的編輯工作。

難怪一九三四至一九三七年，中共在各地擬訂了十三種拉丁化方案
（包括寧波話、潮州話、四川話、上海話、蘇州話、湖北話、廣西
話、無錫話、廈門話、客家話、廣州話、福州話、溫州話等），蘇俄
的「分化策略」非常明顯。如果這些方案都完全實現，自秦以來，大
一統的中國就自然分裂了！

　　一九三四年，左聯份子在上海掀起「大眾語運動」，繼而推行
「拉丁化運動」，魯迅、郭沫若、柳亞子等六百八十八人簽名表示積
極擁護「拉丁化新文字」[16]。

　　自一九三四至一九三七年中共策動組織的拉丁化團體約七十餘
種，出版書籍六十餘種，約十二萬冊，期刊三十餘種，有四十餘種報
紙、雜誌登載提倡拉丁化的文章，六十餘種刊物採用「新文字」作刊
頭。抗戰初期，上海、漢口、廣州、重慶、香港等地暗中仍推行「拉
丁化運動」，如上海四十八個難民收容所辦了「難民新文字班」一百
餘次。一九三五年中共根據地延安也是不遺餘力推行「新文字」，設

---

16 蕭乾當年是記者，採訪回來，發現他的名字有人已代簽上去，但他不以為忤。足證
　　當時左聯份子的狂熱態度。

立「新文字夜校」一百所。延長縣「魯迅師範學校」一切課程都用「新文字」教學。陝甘寧邊區一九四○年成立「陝甘寧邊區新文字協會」，千餘人決議十一月七日為「中國文字革命節」。一九四一年二月五日，成立「陝甘寧邊區新文字幹部學校」，不過，一九四四年延安「拉丁化新文字運動」，中共以「幹部缺乏」為由，宣告「暫停」。[17]

一九五二年二月五日，吳玉章在「中國文字改革研究委員會成立會」坦承欲以拼音文字取代漢字是「脫離實際的幻想」，因為「中國人沒有拼音的習慣，……漢字已有極悠久的歷史，在文化生活上有深厚的基礎，其改革必須是漸進的，而不應粗暴地從事」。[18]

其實，拼音字取代漢字，問題重重，因為漢語同音字特別多，必須靠四聲音調來分別其義，例如：「又有油又有鹽」這句日常生活用語，依「漢語拼音方案」，成了「you you you you you yan」，加上各省方言音調各異，書寫出來真是不知所云！再如「砍了一棵樹」和「看了一課書」，拼法完全相同，都是「Kanliao yike shu」。有人以趙元任〈施氏食獅史〉五十九字[19]，其拼音符號完全相同，來說明漢字拼音化的荒謬，也有人表示，「氫」和「氰」書寫時無法分辨，是科學上危險的事！而有人認為連「郵票」、「油票」也無法分別，嚴重影響日常生活。這些都是一九五五年大陸學者自己提出來的疑惑！

這套漢字拉丁化系統，雖未能取代漢字，但卻轉化成了輔助漢語學習的拼音系統，可說是今天「漢語拼音」的前身。[20]

---

17 周有光：《漢字改革概論》（北京市：文字改革出版社，1964年），頁46-48。

18 中國語文雜誌社主編：《中國文字拼音化問題》（北京市：中華書局，1954年），頁5。

19 趙元任：《趙元任全集（第Ⅰ卷）》（臺北市：臺灣商務印書館，2002年）。

20 參見中國大百科全書出版社編輯部主編：《中國大百科全書（第23冊語言文字）》（上海市：中國大百科全書出版社，1998年），頁157-159。一九五八年創出的〈漢語拼音方案〉兼收國語羅馬字、拉丁化新文字、威妥瑪氏拼音和國語注音符號之長，最特別的是使用字母j、q、x，其目的是為了使聲母沒有同符號異讀的現象。中

中共自一九四九年十月成立「中國文字改革協會」，設立「漢語拼音方案研究委員會」，已開始討論採用字母的問題。一九五五年成立「拼音方案委員會」，確定拼音方案採用拉丁字母。至一九五六年二月，拉丁字母的漢語拼音方案第一個草案公諸於世。一九五七年十月該委員會又提出完全採用拉丁字母的修正草案，也就是今天的漢語拼音方案。一九五八年二月十一日由全國人民代表大會批准公布。秋季開始，大陸小學全面使用為學習識字的工具。

　　一九七一年十一月中共成功的進入聯合國，坐在聯合國創始國「中華民國」的位子上，[21] 漢語拼音及簡化字也隨之進入國際市場，一九七七年聯合國地名標準化會議採用漢語拼音作為拼寫中國地名的國際標準，一九八二年國際標準化組織（ISO）承認漢語拼音為拼寫漢語的國際標準，但簡化字本身並未享受同等待遇，所以才有二〇〇四年傳出的烏龍事件，引發全球華語使用者的爭議。

　　筆者認為，簡化字的確問題重重，至少它和國際共黨的文化侵略關係密不可分。這是今天重張民族文化旗幟的中共必須正視的問題。

（三）中共簡化漢字的歷程

　　（一）一九五〇年，中央人民政府教育部社會教育司編製〈常用簡體字登記表〉。

　　（二）一九五一年，提出〈第一批簡體字表〉，收五百五十五字。

　　（三）一九五二年二月五日，成立「中國文字改革研究委員會」，一九五四年底提出〈漢字簡化方案草案〉，內容分三部分：一、

共當時的主張亦可參考路燈光、路燈照：《海峽兩岸簡體字研究》（臺北市：臺灣學生書局，1992年），頁41-43。

21 因為中華民國是聯合國創始國之一，所以迄今為止，中共在聯合國的英文官方名稱仍是Republic of China (ROC)，並非People's Republic of China (PRC)。

七百九十八個漢字簡化表草案；二、擬廢除的四百個異體字表草案；三、漢字偏旁手寫簡化表草案。

（四）一九五五年二月二日，中國文字改革研究委員會在中央一級報刊上發表〈漢字簡化方案草案〉，把其中二百六十一個字分三批在全國五十多種報刊上試用。

（五）一九五五年七月十三日，國務院成立漢字簡化方案審訂委員會，主任委員是董必武。

（六）一九五五年九月，中國文字改革研究委員會刪除〈擬廢除的400個異體字表草案〉及〈漢字偏旁手寫簡化表草案〉，並將七百九十八個簡化字減為五百一十二個，但增收簡化偏旁五十六個。一九五五年十月簡化字增為五百一十五字，簡化偏旁減為五十四字。

（七）一九五六年一月二十八日，國務院全體會議第二十三次會議通過。一月三十一日由《人民日報》正式公布〈漢字簡化方案〉（共有515個簡化字及54個簡化偏旁）。共三表，表一有二百三十字；表二有二百八十五字；表三是五十四個可類推的簡化偏旁。中共號稱，簡化漢字的原則是「約定俗成、穩步前進」，但實際上，只為了減少筆畫，完全不顧及漢字的造字原則及意義。

（八）一九六四年二月二十四日，國務院批示，〈漢字簡化方案〉中的簡化字用作偏旁時，也同簡化，偏旁獨立成字時，除言、食、乡、金外，其他也要簡化。一九六四年五月，中國文字改革委員會出版了《簡化字總表》。此表共分三表，表一是三百五十二個不作偏旁使用的字；表二是一百三十二個可作偏旁用的簡化字和十四個簡化偏旁；表三是經過偏旁類推而成的一千七百五十四個字，共二千二百三十八字。因「簽」、「須」兩字重見，實際為二千二百三十六字。

（九）《簡化字總表》有少數字附有注解。例如，乾坤的「乾」不簡化，「吁」是「籲」的簡化字，但「長吁短嘆」的「吁」讀音不

變。

（十）《簡化字總表》有兩個附錄。一是一九五五年文化部和中國文字改革委員會發布的〈第一批異體字整理表〉中的三十九個選用字；二是更改了的地名，中國認為使用生僻字的地名應予改變為常用字，如「瀋陽」改為「沈陽」（簡化字為「沈阳」）。

（十一）一九七七年，文革結束，中共公布「第二次漢字簡化方案」草案（簡稱「二簡方案」）。

（十二）一九八六年，國務院廢止「二簡方案」，並刪除「迭」、「象」兩字；同年，由「中國文字改革委員會」改組而成的「國家語言文字工作委員會」，重新發布《簡化字總表》，和文化部、教育部共同發表「關於簡化字的聯合通知」，表示漢字的字形應當保持穩定，以利應用。

至此，中共漢字簡化運動算是暫告一段落，不再繼續簡化下去。

（十三）二〇〇〇年十二月，中共通過《國家通用語言文字法》，以法律形式確定普通話和規範漢字作為國家的通用語言文字地位，同時對方言、繁體字和異體字作為文化遺產加以保護，允許在一定領域和特定地區內長期存在。

（十四）二〇〇九年三月，中共全國政協會議，潘慶林、宋祖英、郁鈞劍等二十一位委員提出「小學增設繁體字教育」方案，強調：繁體字是中華文化的根，知曉繁體字，就是知曉中國漢字的由來、知曉中國文化的由來；漢字簡化是一種進步的表現，但同時也造成與中國文化的阻隔。他們還強調，知曉繁體字，對國家統一、民族興旺都有幫助。

（十五）二〇〇九年八月十二日，教育部《通用規範漢字表（徵求意見稿）》向社會公開徵求意見，新發布的《通用規範漢字表》收錄常用字六千五百個，比原來的通用字表減少了五百個，但對於議論

頗多的繁體字，一個都未恢復。

（十六）二〇一三年六月五日中華人民共和國國務院公布《通用規範漢字表》，含附表《規範字與繁體字、異體字對照表》，社會一般應用領域的漢字使用以《通用規範漢字表》為準。

我們可以明白看出的是，邁入二十一世紀以後，中共內部對簡化字已產生反省的力量，可惜執政者不予理會。

（四）中共簡化漢字的方法

依〈漢字簡化方案〉，有下列方法：

（一）保留原字輪廓，如龜改為龟。

（二）保留原字的特徵部分而省略其他，如聲改作声，醫改作医。

（三）改換筆畫較簡的聲符，如擁作拥。

（四）另造新形聲字，如驚作惊。

（五）同音代替，如丑代醜、里代裏、面代麵。

（六）草書楷化，如東作东。

（七）恢復古字，如從作从。

（八）用簡單的記號代替偏旁，如雞作鸡。

大致而言，所用的方法完全和六書無關，唯一的方法是「減省筆畫」，其不合理及製造的混亂可想而知！這印證了董作賓先生的看法：

> 簡體字的提倡，對於六書的原則，一定要加以破壞，至少是「形聲」一種的破壞。如果隨便簡化，偏旁部首常常會發生混亂和矛盾現象，這是值得注意的！[22]

---

22 中國文字學會主編：《中國文字論集上冊》（臺北市：作者自印，1955年），頁181。

最需要一提的是，「全國文字改革會議」所謂的「討論通過」，完全是形式而已。據北京大學西方語文系教授陳定民於一九五七年五月二十七日在「文字改革問題座談會第三次會議」中透露：

> 在前年全國文字改革會議上，主要是討論〈漢字簡化方案〉，但是簡筆字應否由政府命令公布使其合法化，到會的代表很有意見，沒有很好開展原則問題的討論，就把文改會已經準備好的〈漢字簡化方案〉逐字在小組會上投票表決。這樣簡單作法，我參加的小組會上，有很多人提出意見。據小組長說：這是上面的決定，各小組都得一致執行，我們小組不能例外。就這樣費了幾天工夫，舉手投票之後通過了這個方案。[23]

更令人痛心的是，主張簡化字者的心態，求「簡」還要求「省」，林漢達〈一萬個通用漢字能不能砍去一半？〉說明了「砍」的方法有六種：

1. 整理和停止使用異體字；
2. 整理和停止使用不必要的同音同義字；
3. 簡化古今人名用字；
4. 簡化地名用字；
5. 淘汰古文言性的死字和一部分罕用字；
6. 專用的擬聲字和譯音字可以減少一些。[24]

---

23 陳定民：〈文字改革問題座談會第三次會議〉，《拼音月刊》1957年22期。
24 林漢達：〈一萬個通用漢字能不能砍去一半？〉，《光明日報》，1964年6月24日。

其觀念之偏謬，令人難以置信！無怪使今日簡化字問題層出不窮！

（五）簡化漢字製造的問題

1 使用者各行其是，亂象叢生

中共簡化漢字的目標，於一九五五年十二月二十六日《人民日報》社論宣稱：「做到漢字有定形、有定數，以便利於漢字的學習和使用」，但實際上並非如此，反而製造更多問題。因為筆畫愈簡，字形愈失真；字數愈簡，字義愈貧乏，所以當年章伯鈞、陳夢家等學者都極力反對。對簡化字形成的亂象，李鍌教授提出幾點：

    1. 偏旁簡化不能全部類推；

    2. 符號取代偏旁並無定則；

    3. 個體簡化字偏旁不能類推；

    4. 同音兼代紊亂漢字系統；

    5. 既已簡化又有例外；

    6. 任意省簡破壞字構之合理性。

於是「旅社」寫成「侶社」，「停車」成了「仃車」，「舞會」成了「午會」，真是笑料百出，甚至使人有「邊看邊猜」的現象。[25]

2 造成閱讀及教學困難

早在一九五七年九月號《文字改革月刊》刊登了秋陵的〈從簡體字想起的〉一文，已清楚明白的分析古典作品若加入簡體字，產生的亂象將造成閱讀及教學的困難。

他說：

---

25 李鍌：〈從學術觀點論「正體字」與「簡化字」〉，《華文世界》2006年98期，頁45-47。

因為古典作品中本來已有許多通用假借轉意的字（詞），如果再摻雜一些簡體字進去，那就不但使讀者在閱讀時要多方照顧，隨時忖度，不勝麻煩；同時還容易使原來的意義混淆不清，反而增加讀者的困難，在學校裏也就增加了教學上的困難。

他提出：1.從通用假借字（詞）的方面來看；2.從繁簡字體的混淆來看，舉出不少實例來說明。如：

《詩經‧氓》：「匪來貿絲，來即我謀」

《左傳》：「命女三宿，女中宿至」、「其辟君三舍」

《楚辭‧涉江》：「乘舲船余上沅兮」

《戰國策‧齊策》：「以責賜諸民」

《論語》：「暴虎馮河，死而無悔者，吾不與也」

《史記‧信陵君列傳》：「侯生果北鄉自剄」

《歸去來辭》：「景翳翳以將入」

《荀子‧正論》：「不能以辟馬毀車致遠」（「辟」指腳有毛病）

《通典》：「州之佐吏，漢有別駕、治中、主簿……皆州自辟除」（「辟」指「徵辟」、「任用」之意）

以上這些引文中的「匪」、「女」、「辟」、「余」、「責」、「馮」、「鄉」、「景」都是古代常用字，但意義與現代的不同。和簡體字混用，使人誤以為「辟」是「闢」、「余」是「餘」的簡寫，當然造成語義不清、理解困難、甚至笑話百出的現象！

另有繁簡無法互換的字，如《戰國策》燕昭王說：「燕欲報仇讎于齊」，寫成「仇仇」，無人能解。《書經》中的「一日二日萬幾」改為「萬几」，則不知所云（因為「幾」有「精微」、「深微」之意，而「几」則無）！

3 文言文的價值受到破壞

陳其南認為：

> 因為有文言文的存在，稍微受過國學訓練的中國人，不管是來
> 自何方，生於何時，都能連接研讀商周時代所留下來的原典。
> 至於當時或當地的中國人究竟怎麼發音說話，倒變得無關緊要。
> 從這個角度來看，文言文是一種超越歷史而存在的語言系統。
> 對一向使用拼音文字的西方人而言，這實在是件令人嫉妒的事。
> 試想，今天有幾個西方學者可以直接閱讀拉丁原典、希伯來聖
> 經，或柏拉圖、蘇格拉底等人的古希臘語？簡言之，文言文不
> 只是指文字語言，及使用此種語言寫成的文章，而且也代表一
> 種特殊的寫作方式。所謂「文言」，不是古人說話的簡約型
> 式，而是與白話相對，幾千年來殊少變化的一套寫作語言。[26]

但是，這麼有價值的文言文今天卻面臨簡化字的破壞。尤其近年
中共大量將古籍整理為簡化字版本，對中文系師生而言，真是大災難
的開始。也許，不久將出現一門「新校勘學」，專門研究這現象。例
如：《孔子家語》第一篇〈相魯〉：「若其不具，是用秕粺」，王肅注：
「秕，穀之不成者，粺，草之似穀者。言享不備禮也。」因為簡化字
使「穀」消失，造成受簡體字訓練的年輕大陸學者無法分辨其意義，
所以著名年輕學者楊朝明主編的《孔子家語通解》則解釋為「秕，谷
之不成者。粺，草之似谷者」令人瞠目！再如，我國古代音樂「宮商
角徵羽」五聲，由於中共使「徵」字消失，於是元好問〈論詩絕句三

---

26 陳其南：〈說「文」〉，《文化結構與神話》（臺北市：允晨文化實業公司，1986年），
頁54-55。

十首〉第十七首，成了「切響浮聲發巧深，研摩雖苦果何心？涪翁水樂無宮徵，自是雲山韶濩音」，令人啼笑皆非！更可悲的是，年輕學者根本不知道錯字何在？

中共以「大眾口語」為由，根本淘汰文言用字及罕用字，使書面交際工具失去功能，自我否定文化傳承的地位，只能說「整理文字，治絲愈棼」！令人搖頭！

五　簡化字對中華文化的影響

中共簡化字對語文本身的破壞，已有甚多人討論，筆者認為，它對中華文化的破壞尤其深重。中華文化博大精深，內涵太廣，筆者個人專業為中國文學，發現有關中國文學的研究，在文獻方面中共的貢獻不容否認，尤其近年以來，中共挾其龐大人力，大量從事古籍今註今譯的工作，將古籍字體轉為簡化字，這本來是值得欣賀之事，有助現代人重新詮釋傳統經典。

但可惜，簡化字的弊端叢生，大量古籍今註今譯或將古籍改為簡化字，反而證明了簡化字不適於繼續存在。再加上現在電腦功能進步，已有繁簡轉換的軟體，一按鍵，自動轉換。但筆者發現，透過電腦繁簡字轉換產生的問題更多，其對中華文化傳承產生的不良影響，非常值得我們正視。筆者歸納如下幾點：

（一）造成對傳統文化認知的困擾

二〇〇五年，臺北市松山高中國文教師陳正榮就已注意到兩岸文字簡繁轉換所衍生的困擾。[27]

---

27 陳正榮：〈「當「道錄」變成「道籙」：談兩岸文字簡繁轉換所衍生的困擾〉，《國文

　　他發現道教的「道籙」居然成了新詞「道篆」，聞所未聞！又發現文天祥〈過零丁洋〉詩，出現「辛苦追逢起一經，幹戈寥落四周星……零丁洋裡嘆零丁……」這樣可怕的句子，幸好其中的名句「留取丹心照汗青」未變成「留取丹心照澣青」！

　　筆者則發現，早期Google搜尋引擎上隨便找一篇文章，按下繁簡轉換鍵後，都可能出現令人啼笑皆非的現象。例如：

　　　《？？？？》一？，与一切喜？相反，？？？尾之悲？也。
　　　《紅樓夢》一書，與一切喜劇相反，徹頭徹尾之悲劇也。

這是出自王國維〈紅樓夢評論〉的一段文字。電腦畢竟不是人腦，在比對繁簡字之時，乖乖的列出它看不懂的字。也許，這正忠實反映了大陸一般閱讀者面臨的困境。只接受簡化字教育的讀者，也許在閱讀傳統文獻時，眼前就是一片問號，不知所云！如果，一個自稱代表「中國」，且以傳承中國文化自居的中國人在閱讀時，居然看不懂或寫不出「紅樓夢」、「書」、「喜劇」、「徹頭徹尾」等等詞彙，未免太令人搖頭！

　　曾經有個廣為流傳的笑話，就是「北大研究生在圖書館找不到《後漢書》」，因為「後漢書」三個字繁簡字形完全不同，年輕學子豈有能力分辨？現在看來，這不僅是大家一笑置之的小事，而是將來層出不窮的普遍現象！

　　繁簡轉換，近年來在臺灣也出現問題。筆者最近幾年在大一學生的作業中，已發現「人雲亦雲」、「朱子雲」、「蘇子雲」這樣透過google繁簡轉換出來的句子，不僅啞然失笑，而且令人憂心！因為漢

代著名的「揚雄」，字「子雲」，所以「揚子雲」經過google轉換，究竟是什麼意思？還得費心思量一番！

　　至於下列的笑話：「預審員說：你看如果這個圖不錯的話，你就在下麵簽個字。」看了不僅令人搖頭，更令人難過！一個「面」字居然神通廣大，令人分不清它究竟是不是食品！

　　年輕學子本來就不太清楚歷史年號，加以中共完全以西元紀年，如何能使他們明辨孰正孰誤？最近，讀到網路上蘇雪林〈胡適的《嘗試集》〉，居然出現「道光間龔自珍、鹹同間金和、鄭珍亦為一代詩人」這樣的句子。「咸豐、同治」簡稱「咸同」，居然被轉換成「鹹同」！

　　事實上，簡化字使歷史上許多專有名詞混淆不清的現象可謂層出不窮！中國文學史上的「大曆十才子」，只因為「歷」、「曆」在簡化字中均消失不見，年輕學子常寫錯此詞！南北朝名詩人謝宣城的本名「謝朓」被誤寫為「謝脁」，迄今仍掛在馬積高、黃鈞主編的《中國古代文學史》目錄中，筆者推想該是年輕學者不熟悉「朓」字所致。至於因為不明白古代文化產生的謬誤尤多，如神農時期的「蜡辭」被轉換成不知何指的「蠟辭」。[28]

　　筆者最近看到安徽大學沈暉教授的大作〈蘇雪林與胡適〉，轉換成繁體字：

　　　　胡先生……有一股卓立不阿、興「頏」立「儒」的道德勇氣。……這是蘇雪林離開學校後，又一次近距離親炙老師的言論風「彩」……

---

28 袁行霈主編：《中國文學史（上冊）》（臺北市：五南圖書出版公司），頁32。

不覺啞然！「興頑立懦」的「風采」豈是只識得簡化字的現代讀者能
了解的？

　　至於李白的名篇〈長干行〉，成了〈長幹行〉；宋詞中的「倚闌
干」全成了「倚闌幹」；張炎的名著〈山中白雲〉詞在簡化字中則成
了〈山中白云〉詞，《世說新語》中居然有「小時瞭瞭」，而簡化字
「發」、「髮」合一，所以蘇軾名篇〈念奴嬌〉：「小喬初嫁了，雄姿英
『发』……故國神遊，多情應笑我早生華『发』……」走了樣！使兩
個押韻的地方變成重複用字，中國文學的美感及佳妙處，由於簡化字
的破壞，完全消失殆盡！這在世界文學史上都是不可思議的現象！中
共若要以中華文化的傳承者自居，卻又顯得如此無知無識、貽笑大
方！令人想到賽珍珠曾將「赤足大仙」翻譯為「紅足仙人」，貽笑譯
林！賽珍珠畢竟是外國人，而中共自己卻是道地的「中國人」！

（二）傳統倫常觀念消失

　　簡化字對中華文化最嚴重的破壞是使許多人名、姓氏消失。這些
與歷史文化傳承極具密切關係的人名、姓氏，中共以「書寫便利」為
由，胡亂擅改。這是非常令人痛心的！把姓氏視為毫無含義的音節使
用，破壞中華文化傳承之根，極為無知，也不尊重傳統文化。[29]

　　中國傳統文化的維繫力量之一是家族觀念及鄉土意識。所以姓氏
的傳承具有極重要的象徵意義。「不孝有三，無後為大」、「光宗耀

---

[29] 林漢達：〈一萬個通用漢字能不能砍去一半〉，一文中認為，人名用字，尤其是姓，
在當初也許有特殊的意義可以查考，但是到了今天，一般說來，只把它當音節念，
誰也不查究它的含義了！因此主張予以簡化。這實在是非常無知的謬見！林氏的文
章，提及「砍」的六種方法，請見汪學文：《中共文字改革與漢字前途》（臺北市：
國立政治大學國際關係研究所，1967年），頁182。引用及批判。事實上，中國重視
姓氏並非毫無意義，於《左傳》時代即知道「同姓不婚」，因為同姓結婚「其生不
繁」，胡亂改姓，血緣關係混亂，違反優生學！

祖、無忝所生」、「光大門楣」都是基於此。是以民間都有「大丈夫行
不改名、坐不改姓」之說，但中共為了減省筆畫，硬生生的將許多姓
氏消滅了。例如：「党」、「黨」根本是不同的兩個姓氏，卻合而為
一。「蕭」姓、「葉」姓、「傅」姓都因筆畫繁多而改為「肖」、「叶」、
「付」，漢代著名的歷史人物「蕭何」就如此消失！成了「肖何」！而
「蕭」有人簡化成「萧」，所以蕭氏子孫因此分成三家人！真是可悲！

　　據一九六三年燕謀〈清算毛共文改濫帳〉一文中透露：

> 至目前為止，中共攪的所謂文字改革，如其所推行的簡體字，
> 已是混亂不堪，笑話百出了。這又不光是因其完全違反中文造
> 字的法則，使人難以辨認之故。而其因此變更人之姓名，就引
> 起糾紛不少，如「葉」改為「叶」，葉恭綽（1881-1963）改為
> 叶恭綽，據說葉恭綽不願改姓，他說「我是姓葉，並不姓叶。
> 你們如果隨母下堂改姓，那是你母親和你的自由，我管不
> 著。」毛匪上海《文藝報》副總編輯蕭乾（1910-1999），報上
> 將其名字改為「肖干」，據說蕭乾曾大發牢騷，批評簡體字，
> 以致在『反右派鬥爭』中，蕭乾曾大遭鬥爭。[30]

而「詹」姓被改成音義都不相干的「占」，等於消滅族群，可見中共
強力推行簡化字時，已有人清楚看出姓氏簡化之弊！

　　以人名為例，近代提倡白話文的胡適，成了「胡适」（「适」音
「括」），和孔子的學生「南宮适」同名。「胡適」就這樣不見了！若
起胡適先生於地下，恐怕一生倡導改革的他，自己也不免搖頭一嘆！

---

30 燕謀：〈清算毛共文改濫帳（寓有大陰謀，不可小覷之）〉，《香港自由報》，1963年2
　月20日。按：葉恭綽當時是文字改革委員會常務委員兼漢字整理部主任，著名外交
　家葉公超是他的侄兒。

簡化字使中國文化中最引以為傲的自謙禮數消失，倫常觀念式微，長幼無序、親疏不分，謙詞、敬詞分不清，今天，人際關係只剩下「尊敬的XX」和「同志」、「愛人」等。古人使用的稱謂完全不知，如「貴姓」、「府上」、「出母」、「出妻」、「內人」、「內子」、「外子」、「家大人」、「鄙人」、「尊鑒」……這些詞彙的意義完全分不清，無法了解古代禮數！以致產生改革開放後，大陸留學生與海外華人在社交對話中出現「我貴姓張」、「我府上山東」、「他外子」、「我夫人」這樣的笑話！

（三）簡化地名，使許多歷史古蹟自動消失

中共在簡化漢字時，認為通用漢字約一萬字，其中人名及地名專用字約兩千個。因此，「地名是千百萬人每天都要使用的：要看（地圖、報紙上的地名」），要寫（公文、信件中的地名），要說還要聽（廣播電話中的地名）」，「改換生僻地名字可以壓縮通用漢字的數量，有利于減輕學習負擔；可以使原來難認、難寫的地名說起來不會說錯，寫起來省時省力」，而「歷史傳統」，應在「厚今薄古」的原則下，重新加以考慮。[31]

其實，一九六四年十月二十八日，中共《光明日報》開闢專欄〈關於改換生僻地名用字的討論〉有一篇李東〈改換生僻地名字會不會妨礙我們研究〉的大作，他說得非常清楚：

---

31 中國文字改革委員會：〈關於改換生僻地名用字的討論〉，《文字改革月刊》，1月號（1965年），頁17。《文字改革》月刊，創刊於一九五六年八月。最初刊名是《拼音》，一九五七年八月改名為《文字改革》。隨著文字改革的發展，一度改為半月刊。一九六六年被迫停刊，一九八二年復刊。復刊後的《文字改革》為雙月刊，一九八三年改為月刊，仍由中國文字改革委員會主辦，主要刊登漢語研究、文字改革、推廣普通話、語言學知識、語文教學以及一般語文問題等方面的文章。一九八六年二月改為《語文建設》。

生僻的地名用字改為常用字，好是好，這是一方面。另一方面，我們也不能光為了方便而把中國的歷史割斷了，因為有些地名跟我國歷史事實有聯繫，改換了常用字就看不出那個地名的歷史淵源了。還有，有些地名跟當地的高山或者河流有關，換了字，這個特點就損失了，例如，邠縣，古代是個國家，孟子梁惠王篇「昔者太王居邠，就是居在這個邠國」，現在改為彬縣，跟「太王居邠」聯不起來了。「沔縣」改為「勉縣」，跟史地上的「沔水」，劉備即漢中王的「沔陽」，都聯不起來了。……貴州省鰼水縣的「鰼」，是一種魚，就是泥鰌，「鰼水」大概就是「山海經」裡所說「多鰼鰼之魚」的一條河。現在改「鰼水縣」為「習水縣」，什麼魚都沒有了。古代沿用下來的地名，改變了常用字，對于研究我國古代的歷史，恐怕會帶來一些困難。

另一篇劉華中〈不能只為方便而改〉也指出：

地名當中有相當一部分是有來歷的，不是隨便起的。它是同該地區的地理狀況和歷史事實有聯繫的。

可悲的是，中共仍在改「生僻字」的理由下，至一九六四年九月九日止，經國務院正式批准改換的地名，共三十八個，包括瀋陽市改為「沈阳市」、葭縣改為「佳县」、邠縣改為「彬县」、鰼水縣改為「习水县」、鄜縣改為「富县」，許多歷史名勝地就如此莫名其妙的消失了！例如：

杜甫的名詩〈月夜〉：

今夜鄜州月，閨中只獨看。

遙憐小兒女，未解憶長安。

香霧雲鬟濕，清輝玉臂寒。

何時倚虛幌，雙照淚痕乾？

「鄜州」居然消失了！因為中共將其改為「富縣」（更可笑的是「雙照淚痕乾」被google改成「雙照淚痕幹」）。而杜詩名篇〈羌村三首〉中的「羌村」也消失，成了「大申号村」。[32]

難怪今日大陸年輕人對傳統歷史文化充滿無知的疏離感！幾十年前就已有知識份子提出警告，決策者仍一意孤行，果然造成歷史文化的斷層！

（四）風雅的文字遊戲絕跡

中國文字的字形非常有特色，由「初文」與「字」組合，孳生新義，成為更複雜的字形，組合方式靈活，且觸機成趣，在日常生活中產生娛樂效果及江湖卜筮的一種職業工具，至於元宵燈會「猜燈謎」，已成一種民俗，其間巧妙樂趣，是任何其他文字難企及的。但「拆字」必須運用楷書，中共的簡化字，完全破壞了這高雅優美的文化傳統。

例如：《世說新語》記載「題鳳」的典故。嵇康與呂安是好友，有次呂安拜訪嵇康，康外出，嵇康的哥哥嵇喜請他進自己家門，呂安不肯入門，卻在他門上題了一個「鳳」字，鳳乃傳說中高貴的象徵，

---

32 見山東大學《杜甫全集》校注組：《訪古學詩萬里行》（北京市：人民文學出版社，1982年），頁99-101。難怪一九四一年，當時擔任陝甘寧邊區政府主席的林伯渠賦詩〈鄜縣即景、杜工部遺居羌村〉慨嘆：「滄桑洛水毀鄜城，溝洫于今尚縱橫。落落詩魂千古在，我來何處訪羌村？」

稽喜起初很高興，後經人指點，將「鳳」字拆成「凡」、「鳥」，方知自己受了戲謔。六朝人的獨特情性也躍然紙上。簡化字將「鳳」改為「凤」，已完全看不出這典故的雅趣，即使閱讀這段記載也是不知所云，極為可惜！

猜字謎是文人藉文字遊戲，展現個人才華、機智的故事，如宋朝王安石製作的謎題：「目字加兩點，不作貝字猜」（謎底；「賀」）、「貝字欠兩點，不作目字猜」（謎底：「資」），猜謎的謎格約二、三十種，如一則「象形格」：「淺草隱牛角，疏籬露馬蹄」射一字），謎底是「無」字（上面似隱見一牛角，中間像柵欄，下面為四隻馬蹄）。「落花人獨立，微雨燕雙飛」（謎底：「倆」字，左邊是立人，右邊外層是「雨」的輪廓，裡面像兩隻起飛的燕形）。

一九六五年，中共推行簡化字，由於偏旁省略、字形改變，教學困難，有些教師也採用「字謎」的方式推行識字教育，但結果是似通非通，反而造成學生思路混亂，影響學生造句。

例如：「一棍打彎狗腿」（射「龙」字）、「倒看八十九，正看九十八」（射「杂」）、「俺家大人不在」（射「电」字）、「有種怪物形狀丑，羊頭魚肚一張口」（射「兽」字）、「工廠裡面有力量」（射「历」字）[33]。

這和傳統的字謎，雲泥高下之別，無庸多言！

此外，其他趣味文字遊戲，如：聯語，相傳明朝張顯宗，殿試時，皇帝親自出題「張長弓、騎奇馬、單戈作戰」，張顯宗的下聯是「種重禾、犁利牛、十口為田」，若換成簡化字，簡中巧思完全消失了！再如民國初年，梁啟超憤然有感於袁世凱稱帝，作聯語「或入園中，拖出老袁還我國」，後來袁氏帝夢落空，其謀臣楊度悔不當初，

---

33 中國文字改革委員會：《文字改革月刊》，7月號（1965年），頁15。

作下聯「余行道上，不堪回首問前途」，寄慨遙深，堪稱絕妙對聯。但簡化字則無法表達其中之妙！

簡化字為求筆畫減省，使中文字在形狀上也顯得單薄刺目，不但揚棄傳統文字的優雅，有時甚至和日文分不清，「中國」的「國」，不就是採用日本人創的「国」嗎？緊抱民族主義的中共政權，豈能不深思乎？

（五）對傳統文化的疏離與扭曲

大陸文革十年，使得中華文化真正產生斷層現象。加之簡化字推行，一般人對傳統文化不了解，以今誣古的結果，產生不少令人難過的笑話。以前有個廣為流傳的笑話，就是「北大研究生在圖書館找不到《後漢書》」，因為繁簡字形完全不同，年輕學子豈有能力分辨？現在看來，這不僅是大家一笑置之的小事，而是將來層出不窮的普遍現象！

網路上的例證，比比皆是。以中國文學史上著名的大詩人白居易為例，近年網路上指他為「老淫魔」，連維基百科上都稱他為「詩魔」，真令人搖頭！據說是因為一九九七年，舒蕪在《讀書》雜誌第三期上發表〈偉大詩人的不偉大的一面〉，只因為不明白中唐社會風氣及「妓」字的意義，於是產生如此謬論！

還有一種可嘆的現象，就是中國語言本身的揚人抑己、委婉含蓄、深層含義在現代年輕世代的心中已消失殆盡，謙稱、敬詞已無法分辨，加上簡化字的因陋就簡，於是有些人下筆就使人分不清其目的為何？如稱某人「真知拙見」，本來是恭維他人「真知卓見」，卻成了辱罵別人的話！令人啼笑皆非！

網路上，有人焦急的詢問：究竟是「莊光」？還是「嚴光」？顯然完全不明白古代的「避諱」文化究竟是怎麼回事？

如今電腦上繁簡字轉換產生的笑料，又產生了可怕的網路新文化，試以下文為例：

宋代話本《碾玉觀音》原文有一段：

> 蘇小妹道：「都不干這幾件事，是燕子銜將春色去。」有《蝶戀花》詞為證。王巖叟道：
> 「也不干風事，也不干雨事，也不干柳絮事，也不干胡蝶事，也不干黃鸝事，也不干杜鵑事，也不干燕子事，是九十日春光已過，春歸去！」

轉為簡化字：

> 苏小妹道：「都不干这几件事，是燕子衔将春色去。」有《蝶恋花》词为证。王岩叟道：
> 「也不干风事，也不干雨事，也不干柳絮事，也不干胡蝶事，也不干黄鹂事，也不干杜鹃事，也不干燕子事，是九十日春光已过，春归去！」

再從簡化字轉為原文，「王巖叟」就消失了！更可怕的是一堆「幹」字，將這闋《蝶戀花》詞弄得面目全非，不知所云！

> 蘇小妹道：「都不幹這幾件事，是燕子銜將春色去。」有《蝶戀花》詞為證。王岩叟道：
> 「也不幹風事，也不幹雨事，也不幹柳絮事，也不幹蝴蝶事，也不幹黃鸝事，也不幹杜鵑事，也不幹燕子事，是九十日春光已過，春歸去！」

如果中國文字不能恢復為正體字，這樣的電腦繁簡轉換法，以訛傳訊，真不知未來將產生怎樣的新中華文化！例如：

「煙斗」成了「煙鬥」！

「面粉」究竟能不能吃？

「余生」還是「餘生」？

廁所裡面有「自動幹手器」！

「林徽音」成了「林徽因」，只為了省幾筆，「美好的音樂」消失了！幸好「徽」字仍存在，否則簡化為「灰因」，那才令人瞠目結舌！

「南轅北轍」這句成語，由於中共簡化字政策，使「轍」字消失，一般人不認得此字，於是這句成語成了毫無意義的「南轅北撤」，真是令人哭笑不得！而蘇東坡的弟弟，只好被迫改名為蘇「撤」！蘇老泉為其愛子命名的深意，完全消失了！

《詩經》中的〈小雅〉首篇〈鹿鳴〉中的「食野之苹」都無法表達出來，「苹」居然成了「蘋果」的「蘋」，好在鹿不吃「蘋果」！

宋代著名大詩人蘇東坡的〈寄劉景文〉詩中名句：

「一年好景君須記，最是橙黃橘綠時」，由於「橘」字筆畫繁，中共已使其消失，用「桔」來取代，而事實上，這是不同品種的異稱，豈可混用？尤其以文字學角度來看，「喬」若等同於「吉」，那麼，換上「言」部，「詭譎」是否可寫成「詭詰」，而「詰問」也可經google系統轉化為「譎問」？真不知道這樣的文字轉換，將如何使下一代認識固有文化？

從文化傳承的角度來看，難道我們還要任簡化字橫行下去？

六　結語

民國四十四年五月八日，張其昀先生在中國文字學會成立大會

上，以〈中國文字與中國民族〉演說，指出中國文字的十大優點：

一、歷史悠久；

二、應用廣遠；

三、構造合理；

四、義旨宏深；

五、文法簡易；

六、辭句精確；

七、行列整齊；

八、書寫美觀；

九、內容完備；

十、思想進步。

的確，自秦始皇「書同文」以來，透過漢代學者對漢字的整理、詮釋，漢字系統定型迄今，尤其是許慎《說文解字》提出「六書」的理論，中國歷經無數戰爭、政權遞嬗，始終維持大一統國家，不能不歸功這套文字及其承載的文化力量！

一九五七年十月，為了反對中共的文字改革，王重言發表〈對於廢除漢字改用拼音字的商榷〉，列舉九點，說明漢字的優越性，除了第五點：「馬列主義重視祖先文化遺產及自己的語言文字」有些不知所云之外，其他幾點今天看來仍是擲地有聲之作。

一、世界各國文字有兩種體系，二者互有短長，無所謂軒輊優劣，更無庸是彼而非此。「如果那個國家，已有歷史悠久的形義文字，是絕不能削足適履，捨己從人，另創拼音字的。」

二、漢字通行的地區很廣，已經成為東亞國際文字。

三、中文與法文、俄文、英文等，在國際上有同等地位。

四、蘇聯專家認為中文已成為國際語言，有它的優越性。蘇聯東方學家康拉德云：

中國民族語言的發展，是與高度的中國文化分不開的。中國語言過去是，現在仍然是，足以充分表現複雜的人類思想的十分適當的工具。就用語的力量和豐富性、文法構造和基本詞彙而言，中國語言是世界上最發達的語言之一。

五、馬列主義重視祖先文化遺產及自己的語言文字。

六、消滅原有文字，是帝國主義者對待殖民地國家的辦法。

蓋因語言文字，為一國人民的精神所寄，故滅人之國者，必禁止其學習原有文字與歷史，以消滅其民族意識，便於統治。今之主張廢除漢字，……主觀上是為掃除文盲、普及文化；而客觀上，則是自己毀滅祖國歷史與文化，消滅民族意識，正是殖民主義者對被征服的國家所走的道路，至堪令人痛心的！

七、漢字並不難學。

八、廢除漢字，是自己毀滅歷史和文化遺產。

九、漢字在歷史上有偉大功績。

這篇文字是五十餘年前的看法，今日看來，猶然如新，切中今日之弊！

五四新文化運動，有人認為漢字「難認、難記、難寫、難用」，其實，這完全不是漢字本身的問題，而是識字方法、教學技巧的問題；有人認為「國內有極大多數的人民是文盲」，這更非漢字的問題，而是經濟及教育的問題。至於漢字筆畫多寡問題，早已隨電腦的發展，完全解決。甚至對中文直排，阻礙科學發展之說，今天的大陸年輕人，也有不同的看法。[34]

---

34 中華民國教育部：〈直排繁體文──中國網上大流行〉，《教育部電子報》316期

　　中共於民國三十八年（1949）奪得中國大半江山後，全面改革文字，其魄力、規模確實不亞於秦始皇！[35]

　　然而，一甲子以來，其影響及弊端不容我們忽視！尤其將漢字作為民族自信心淪喪的替罪羔羊，意圖以改革、毀棄的方式，簡化漢字，這種心態值得二十一世紀的中國人重新思考：

一、是否仍要延續五四運動的思維，完全拋棄中國傳統？我們是否能以更超然的立場，重新省視這場新文化運動的是非功過？

二、中共的民族自信心、自尊心已隨經濟力量的壯大，逐漸恢復，是否該正視傳統語文的價值？尤其傳統漢字作為東亞文化的溝通工具，已是國際人類資產，中共若不珍視，其他國家必爭為至寶！

三、全球大量設立孔子學院所推行的簡化字，是否反而造成漢字教學的困境？繁簡兩套書寫方式有必要嗎？尤其，放棄傳統漢字，讓日、韓等國來傳承優美的漢字，中共的民族文化使命感何在？

四、中國文化的精微、優美、豐富、多元，豈是「因陋就簡」的簡

（2008年）。2008年7月17日，http://epaper.edu.tw/e9617_epaper/windows.aspx?windows_sn=1614。引用美國世界日報，2008年7月13日：「近日中國網路上興起直排古文風，網友爭相傳送各種能將一般橫排簡體字轉換成直排繁體字的軟體，並且大量運用直排繁體文字於網路發言與討論等場合。」此外，章培恆：《中國文學史增訂本序》（上海市：復旦大學出版社，2007年），頁2。提及：「近些年所興起的『文化傳統熱』，……有人雖然缺乏漢文字學的基本常識，但卻大言不慚地反對漢字的簡化，狂熱地要求恢復繁體字。原非無因而至。」表面上，章先生似乎不同意提倡恢復繁體字，而他卻承認「原非無因而至」，可見今天大陸的一般人，即使是缺乏文字學的專業知識者，對傳統文字已有不同的看法，值得我們重視。

35 中共的文字改革，其實還包含少數民族文字及各地方言，規模其實遠勝秦始皇，但其成果卻遠遜於秦始皇。尤其中共的學者也承認：「漢字改革運動的成就與它漫長的歷史以及所付出的努力相比，顯然不能令人欣慰。」見黃德寬、陳秉新：《漢語文字學史》（合肥市：安徽教育出版社，1990年），頁361。

化字可以承載的？今天中共已將邁向全球列強之林，捉襟見肘、悖離傳統文化的簡化字能應付所需嗎？

五、今天，中央研究院的「小學堂文字學資料庫」已在兩岸學者的合作下，將漢字的資料輸入電腦，透過網路，使中文各種字體輸入更方便，為何不能以此為基礎，好好整理出合理的漢字規範？[36]

我們真的要將漢字主權交給韓國？

馬英九總統於二〇〇九年六月九日，接見「駐美中華總會館暨北加州中華會館負責人回國訪問團」時提出「識正書簡」的建議[37]。

這固然是突破性的一步，但我們認為這尚未觸及問題核心。因為，同一種語言容許兩種書寫方式是不可能的，何況，中共簡化字的問題，不只是筆畫多寡而已，而是破壞、混淆了一套已經定型數千年的文字書寫系統，這才是我們必須正視、改善的問題癥結！

至於二〇〇〇年十二月，中共通過《國家通用語言文字法》，以法律形式確定普通話和規範漢字作為國家的通用語言文字地位，「同

---

36 亓婷婷：〈兩岸共同合作整理文字的時代已來臨〉，《華文世界》98期（2006年），頁 55-63。

37 亓婷婷：〈漢字識正書簡，馬盼兩岸共識〉，《聯合報》，2009年6月10日，第A4版。新聞報導：「馬英九總統於2009年6月9日，接見『駐美中華總會館暨北加州中華會館負責人回國訪問團』時表示，臺灣使用的正體字代表中華文化，但大陸使用簡體字，他建議可採『識正書簡』。他解釋，『識正』就是認識正體字，但書寫可用簡體字，印刷體則儘量用正體字。」臺灣各大報均有類似的新聞，《自由時報》甚至以「馬倡兩岸書同文可寫簡體字」放在A1焦點新聞。但有趣的是，在選舉期間，常以簡體字書寫文宣品的民進黨，據新聞報導，這次居然非常努力捍衛傳統文字。其實，問題的癥結，在於簡化字能否承載傳統文化？同一套語文，有必要並存兩套書寫符號嗎？馬總統似乎並未掌握問題核心。早在一九八〇年代，大陸即有袁曉園等人提倡「識繁寫簡」，新加坡教育部華語文政策即以「識繁用簡」為主，而近年來提倡識繁寫簡的大陸學者亦不少，包括著名學者任繼愈。嚴格說來，馬總統並無新見，但他主動觸及此問題，進而帶動兩岸討論，這倒是值得肯定的！

時對方言、繁體字和異體字作為文化遺產加以保護，允許在一定領域和特定地區內長期存在。」這是非常異常而不合邏輯的法律！文字的功能主要在於日常運用，而非「作為文化遺產加以保護」！若大部分的人民無法閱讀、理解古籍，任由少數人解釋，這是合理的正常現象嗎？

　　我們回顧過去百年以來簡化字發展的前因後果，希望兩岸都能跳脫政治立場之爭，為漢字未來發展尋找真正該走的大道！也希望這篇歷史回顧能為決策者提供正向思考！

參考文獻

一　專書

山東大學杜甫全集校注組　《訪古學詩萬里行》　北京市　人民文學
　　　　出版社　1982年

中國大百科全書編輯部　《中國大百科全書（語言文字）》　北京市
　　　　中國大百科全書出版社　1998年

中國文字學會主編　《中國文字論集（上、下）》　臺北市　臺北中
　　　　央文物供應社　1955年

中國語文雜誌社主編　《中國文字拼音化問題》　北京市　中華書局
　　　　1954年

中華民國教育部　「直排繁體文──中國網上大流行」　《教育部電
　　　　子報》　316期　2008年7月17日

http://epaper.edu.tw/e9617_epaper/windows.aspx?windows_sn=1614

中華民國教育部　《簡体字表第一批》　南京市　中華民國教育部
　　　　1935年

毛澤東　《第一次全國文字改革會議文件滙編》　北京市　文字改革
　　　　出版社　1957年

杜子勁編　《1949年中國文字改革論文集》　上海市　大眾書店
　　　　1950年

汪學文　《中共文字改革之演變與結局》　臺北市　國立政治大學國
　　　　際關係研究所　1983年

汪學文　《中共文字改革與漢字前途》　臺北市　國立政治大學國際
　　　　關係研究所　1967年

汪學文　《共匪文字改革總批判》　臺北市　國立政治大學國際關係
　　　　研究所　1974年

周有光　《漢字改革概論》　北京市　文字改革出版社　1964年

高尚仁、鄭昭明合編　《中國語文的心理學研究》　臺北市　文鶴出
　　　　版社　1982年

高　明　〈我對於簡體字問題的意見〉　中國文字學會主編　《文字
　　　　論叢第一輯》　臺北市　文史哲出版社　2001年　頁195

張　芷　〈論漢字淘汰〉　張芷主編　《中國文字改革的統一戰線》
　　　　上海市　東方書店　1950年　頁29

張席珍　《對共匪實行文字改革的研究》　臺北市　中央文物供應社
　　　　1956年

許錟輝　《文字學簡編（基礎篇）》　臺北市　萬卷樓圖書公司
　　　　1999年

陳其南　〈說「文」〉　陳其南主編　《文化結構與神話》　臺北市
　　　　允晨文化實業公司　1986年　頁54-55

陳其南　《文化的軌跡（上冊）》　臺北市　允晨文化實業公司
　　　　1986年

章培恆　《中國文學史增訂本序》　上海市　復旦大學出版社　2007年

黃德寬、陳秉新　《漢語文字學史》　合肥市　安徽教育出版社　1990年

路燈光、路燈照　《海峽兩岸簡體字研究》　臺北市　臺灣學生書局　1992年

趙天池　《優美的中國文字（七種特性的印證）》　臺北市　文史哲出版社　1996年

趙元任　《趙元任全集（第 I 卷）》　臺北市　臺灣商務印書館　2002年

黎錦熙　《中國文字與語言中冊》　北京市　五十年代出版社　1953年

蘇雪林　《中國二三十年代作家》　臺北市　純文學出版社　1983年

二　期刊論文

中國文字改革委員會　〈關於改換生僻地名用字的討論〉　《文字改革月刊》　1月號　1965年　頁17

中國文字改革委員會　《文字改革月刊》　7月號　1965年　頁15

文訊雜誌專題　〈文字與時代的交鋒（上）〉　《文訊雜誌》　270期　2008年　頁48-77

文訊雜誌專題　〈文字與時代的交鋒（下）〉　《文訊雜誌》　271期　2008年　頁51-92

亓婷婷　〈兩岸共同合作整理文字的時代已來臨〉　《華文世界》　98期　2006年　頁55-63

亓婷婷　〈漢字識正書簡，馬盼兩岸共識〉　《聯合報》　2009年6月10日　第A4版

李　鋆　〈從學術觀點論「正體字」與「簡化字」〉　《華文世界》　98期　2006年　頁42-54

周有光　〈十月革命和文字改革〉　《文字改革月刊》　11月號

1957年　頁3-5

林中明　〈從「繁簡之變」、「讀寫之別」、到「繁簡之辯」、「簡訛之辨」〉　《國文天地》　9、10、11號　2006年

林漢達　〈一萬個通用漢字能不能砍去一半？〉　《光明日報》　1964年6月24日

唐宗力　〈傳聞聯合國將廢止正體中國字改採簡體字之評析〉　《新中華》　2006年　頁20

莊德明、鄧賢瑛　〈文字學入口網站的規畫及應用〉　論文發表於第四屆中國文字學國際學術研討會會議　山東煙臺　2008年8月15日

陳定民　〈文字改革問題座談會第三次會議〉　《拼音月刊》　1957年　頁22

陳正榮　〈當「道籙」變成「道篆」：談兩岸文字簡繁轉換所衍生的困擾〉　《國文天地》　244期　2005年　頁65-69

燕　謀　〈清算毛共文改濫帳（寓有大陰謀，不可小覷之）〉　《香港自由報》　1963年2月20日

謝黎、陳昕曄、詹德斌、藍建中　〈不為人知的內幕，中日韓，誰在主導「漢字標準」？〉　《環球雜誌》　2期　2008年　頁62-67

第三章
十二年國教與語文教育

一　前言

十二年國教終於在一〇三學年度上路了！當時教育部蔣偉寧部長於該年四月二十五日召開十二年國教入學方式說明暨各方案執行展示記者會，並接受《遠見》雜誌專訪時說：「臺灣推動亞洲第一個十二年國教工程，二十九個方案與願景都很明確，旨在提升中小學品質，成就每個孩子，提升競爭力，絕對沒辦法再等下去了！」

的確，十二年國教並非憑空而起的政策，亦非某政黨的貢獻或突發奇想。有些家長聽聞民國一〇三年將徹底執行，立刻反彈、抗議；許多教師也憂心不重視考試以後該如何教學、甚至不知該如何配合此項新政策。於是，正面、反面的意見在媒體上形成喧騰之爭。

為何有這些現象？推動十二年國教的意義何在？該如何落實？尤其是國語文教學將產生怎樣的改變？

二　十二年國教政策是如何形成的

我們首先回顧十二年國教的醞釀歷程，發現它居然是歷時二十九年、歷經十三任部長而形成的政策！它是源於民國五十七年實施九年國民義務教育之後，成功提升了臺灣的中級技術人才，希望再延長國教。所以從民國七十二年教育部長朱匯森開辦延教班，實施〈延長以職業教育為主的國民教育計畫〉開始，就已有延長國教的構想，當時

以職業教育為落實目標。民國七十五年李煥部長續辦第二階段計畫、民國七十八至七十九年毛高文部長除續辦第三階段計畫，也研議延長國民教育為十二年之可行性，其原則為自願入學、有選擇性、免學費。當時部分地區試辦了國中生自願升學方案。民國八十二至八十三年郭為藩部長規畫〈發展與改進國中技藝教育方案——邁向十年國教目標〉，開辦國中技藝教育班，部分地區試辦完全中學、綜合高中。民國八十六年吳京部長定案自八十九學年度採免試登記入學，以及九十學年度起高中職、五專採多元入學。民國八十七年林清江部長配合免試入學方案，加強補助高中職。民國八十八年楊朝祥部長公布施行〈教育基本法〉，規畫三年內實施十二年國教、推動高中職社區化方案。民國九十年曾志朗部長全面實施多元入學方案，八月起全面補助私立高中職學生每年每人一萬元學費。民國九十二至九十三年黃榮村部長籌組推動十二年國教規畫工作、正式推動高中職社區化方案。民國九十六年二月二十七日杜正勝部長任內，行政院宣布開始推動十二年國教。民國九十七至九十八年鄭瑞城部長公布〈高中職適性學習社區教育資源均質化方案〉，十二年國教先導計畫修訂為十二項子計畫、二十三個方案。民國九十九年吳清基部長宣布〈齊一公私立高中職學生學費方案〉，民國百年元旦馬總統宣示啟動十二年國教，教育部成立十二年國教推動小組，研議實施計畫及相關配套措施。

　　可見推動十二年國教乃歷經多年規畫、順勢而成、大勢所趨。並非反對者所言：倉促上路！其主要目的是培育更具有競爭力的下一代！而其主要理念是維護每個國民的基本受教權，教育機會均等，使人人適性發展，均可免試、免學費入學。如此立意良善的政策，為何上路之時反遭阻力？

三　十二年國教爭議焦點

　　我們認為引發十二年國教爭議焦點主因是社會一般人的觀念仍未調適所致！升學主義、學歷至上、考試公平的觀念並未根除！所以適性發展、多元育才的教育理念仍是空言！大家仍以考入明星學校、獲取高學歷為入學最高目標。為了達此理想，於是產生超額比序的新議題。此外，教育資源分配不均的現況，使各校尚未達均質化、優質化的理想，致使大家有惟恐不公平的心態。主政者力圖齊一公、私立學校的收費及辦學水準；家長則期望子女成龍成鳳，並不正視自己孩子的特質何在；有些老師則以更改現狀為苦事，拒絕面對大張旗鼓的變局！所以反彈聲浪並不小！

　　事實上，由於自民國五十七年起已實施九年一貫義務教育，所以從國小進入國中早已無升學問題。於是，十二年國教的焦點集中在一〇三年高中職入學方式。教育部規畫的五階段、兩管道入學方式遂引發各界爭議。

　　所謂五階段是：術科測驗、教育會考、第一次免試入學、特色招生學科測驗、第二次免試入學等，所謂兩管道，一是免試入學（占招生額度七五％）；一是特色招生（占招生額度二五％）。許多人仍囿於明星學校、考試制度的公平性、補習心態等議題，所以惶惑不安，以為要遷戶口才可進入明星學校，以為補習班將大行其道，連術科都要補，以為優質私校將排擠公立高中……等等，教育部也因此提出全臺灣十五大學區及超額比序等規畫。《遠見》雜誌還為此出版《十二年國教破解免試升學：十五大學區比序條件總整理》專刊。告知大家各學區一致採用的比序項目是：均衡學習、日常表現、教育會考三項。家長及學生其實不必過份憂心！

　　我們認為今天大家注目的焦點其實並非實施十二年國教的重點，重點是我們的義務教育將培育出怎樣的新公民、建設怎樣的新社會？教學的目標及教育的目的才是大家更應思考的！若目光仍囿於考試、入學方式等窠臼，實施十二年國教的意義將完全淪喪！

四　國文教學的因應之道

　　以國文教學為例，我們認為十二年國教將提供一個更可自由發揮的語文教育環境，使國民提升聽、說、讀、寫的語文表達能力，這是一個值得正視的新契機！教師不必再為了升學考試勉強學生背誦文章、記憶一些無意義的資料、排比一些考題讓學生過度練習，以求獲取高分！也不必擔心文言文及白話文的比例多寡問題、趕課及進度問題，而是可以依學生的才性及需求，提供更多元的教材、教法及學習環境，使學生體會古今文章的功能及美感。相信可自由發揮的語文教育環境對師生在國文教室的學習氛圍是極大的助力！我們悠久的歷史文化、歷朝歷代累積的文學作品正是一個無盡寶礦，等待語文教師帶領學生共同去開採！

　　首先，語文專家可規畫許多循序漸進的教材內容，培養小學生基礎的語文認知能力，中學生思辨欣賞的語文運用能力，對有志進入大學、研究所的高中生或語文能力特優的資優生亦能有更完整一貫的規畫培育方式。例如高中語文資優生的國文教材是否可直接以原典全書為主？而不只是學習單篇選文而已？事實上，美國高中的語文教材就是全本的小說，如《麥田捕手》、《湯姆歷險記》、《蒼蠅王》等。我們的歷史悠久、經史子集典籍浩瀚，足可依學生的志趣，培養其所需的語文能力！

　　其次，教師的教學方式可更活潑、多元，如恢復傳統吟唱詩文、

誦讀文章、說書的方法，結合修身養性的書法教學，結合繪畫、音樂、戲劇、資訊媒體、表演藝術的教學策略，帶領學生以參觀、實作的體驗結合文本，……等等，教師都可自由發揮！甚至古代文人琴、棋、書、畫的優雅生活方式是否也可和今日的語文教學結合？孔子時代的教學已有弦歌不輟的教學方式，這些都是值得大家思考的！

　　而評量國語文教學成果的方式是否也可以不必局限於教室中的紙筆考試？例如：可以利用媒體的功能，舉辦地區性、全國性的各種國語文競賽、表演、展示？達到寓教於樂的理想，使學習、考試成為人間樂事而非人間苦事！美國就非常善於利用大大小小的競賽達到人才脫穎而出的目的，我們一向以美國為馬首是瞻，優秀人才也多半流向美國，何不趁此良機自行培養多元優秀人才？

　　此外，值得正視的是：未來國語文教學、英語（外語）教學、鄉土語文教學如何兼容並蓄、取得平衡？今日語文教學已無國界之別，臺灣自國小開始即有英語教學的課程，而十二年國教重視英語聽力的培養，並有標準化的測驗考試（這其實是有些荒謬的，英語世界也不可能統一其語音！各地區、國家均有南腔北調之異，我們卻要求有標準化英語聽力測驗！），當然這是因應國際化的需求所致，無可厚非，但我們並非英語殖民地，學英語的環境並不自然，英語師資並不充裕，且國人素有崇洋媚外的情結，寧可花時間、金錢用於學習英語，這是否會引致排擠國語文學習的後果？再加上中國語文本身有方言教學的問題（如臺灣有閩、客、十餘種原住民語言等），未來國語文教學、英語（外語）教學、鄉土語文教學如何兼容並蓄、取得平衡？這是國語文教學者必須面對的考驗！筆者認為：可藉十二年國教的良機培養優秀外語人才，即對具有語言天賦者，使他們充分發揮潛力，將來精通雙語或多語，未來成為商界、學界、外交界的菁英！

　　另外值得正視的是，簡化字迄今仍存在，且影響臺灣年輕學子，

所以，大學及研究所的國語文專家是否該加速對傳統文字的整理、介紹、傳播，使正體字成為二十一世紀的漢字主流？

五　十二年國教與菁英教育

當代管理學大師——日裔美籍的大前研一（Ohmae Kenichi, 1943- ）認為：

> 今天是一個「沒有國界的世界」，未來的世界地圖不是以喜馬拉雅山、地中海、白令海峽等為界而畫分，而是以手機覆蓋區和網路使用率等而區分。未來是一個民族國家退出歷史舞臺的新時代，是一個地球村的時代。

所以，今天二十一世紀全球化時代，國與國的疆界日趨模糊，將來統治這個世界的是四個「i」——產業（industry）、資訊（information）、投資（investment）以及個人（individual）。

其中，第四個因素尤其重要。未來的人才將以自己的專業學問和能力在全球競爭、流動。[1]所謂個人（individual），即指各式各樣的人才。在這樣的觀念下，我們可以更清楚的了解，為什麼全球今天競相在教育方面提出改革計畫，因為教育的主要目的就是培育各式各樣的人才，特別是頂尖的菁英人才，全世界都積極爭取！

臺灣的菁英教育表現在所謂的「明星學校」，如臺北市的建國中學、北一女等。但臺灣囿於分數主義，明星學校所招收的學生，主要

1　參見Kenichi Ohmae, *The End of the Nation State: The Rise of Regional Economies* (NewYork: Mckinsey& Company, Inc., 1995)；中譯本：大前研一著，李宛容譯：《民族國家的終結：區域經濟的興起》（臺北市：立緒文化事業公司，1990年）。

是善於考試的一群！這在十二年國教實施後，是值得重新思考的！

　　於一〇三學年度起，十二年國教正式上路。這正是因應人才培育的新制度！我們回顧此制度的形成，這是一個歷經二十九年討論、規畫，從民國七十二年開辦延教班，實施〈延長以職業教育為主的國民教育計畫〉開始，到民國百年元旦馬英九總統宣示啟動十二年國教，教育部成立十二年國教推動小組，研議實施計畫及相關配套措施為止，歷經十三任部長（朱匯森、李煥、毛高文、郭為藩、吳京、林清江、楊朝祥、曾志朗、黃榮村、杜正勝、鄭瑞城、吳清基、蔣偉寧）形成並落實的政策。但可惜的是，大家把十二年國教的焦點聚焦於入學方式，使得十二年國教許多立意良好的目標如免試入學、高中均質化、多元入學、創造學生適性揚才的學習環境……等，最後統統被壓縮在「入學方式」的爭執中，造成一〇三年的二十六萬八千多名國中畢業生的入學方式，引發諸多不必要的爭議。

　　最後總算透過「免試入學」及「特色招生」，暫時塵埃落定！但「特色招生」又延伸出新問題，甚至引發為政治爭議。有人認為特色招生變相為明星高中開後門，違背多元精神，更與所謂的適性揚才無關，只是維持以學科考試成績做為招生門檻的掩耳盜鈴做法。歷經吵嚷爭議，臺北市宣布取消特招，一些明星學校為了省事、減少爭議，相繼宣布放棄特招。但包括教育部長吳思華在內，有人又認為特招不該廢，畢竟多元入學是十二年國教的核心價值之一。吳思華部長甚至鼓勵所謂的「第二志願」學校應辦理特招，爭取第一志願的優秀學生。也有部分家長團體認為教育部用政治壓力強迫名校放棄特招，消滅菁英教育，反而是假性公平。各界針對十二年國教所引發的問題提出建言，包括停止特招後，多元性不足的問題，應以「特色課程」予以補強；將基北區切小；拿到會考成績單再辦特招等，似乎都在入學形式上打轉，忽略國家延長義務教育的根本目的！

　　所謂「特色招生」（就是考試招生）分為甄選入學（每年六月術科考試）和考試分發入學（每年七月學科考試）兩種，美術、體育、舞蹈、音樂、戲劇、體育、職業類科和科學班採術科甄選；包含明星高中職（含明星高中數理班、語文班）的考試分發則舉辦學科測驗，包括國文、數學、英語、社會、自然五科，但不一定每科都考，校方也可加權計分。

　　教育部強調，特色招生包括菁英教育（明星高中）。不過，明星高中職只是特色招生中的一部分，兩者不能畫上等號。特色招生本來是為了讓有不同專長的學生藉此得到不同的造就機會，不過，一般人仍拘限於分數、考試，所以認為實施的結果只是讓明星學校有個管道，可以招收到比較會考試的學生而已！甚至有人認為十二年國教應該廢除明星學校！但我們知道，菁英人才是瑰寶，尤其是所謂的資賦優異學生，童年時期即所謂gifted children，在過去臺灣的教育制度體系下，多被送往國外受教育，現在應多考慮適合他們的教育方式；此外，明星學校的形成也不是朝夕之功，破壞容易建設難，所以沒有必要廢除目前已存在的所謂菁英學校，如建中、北一女等。只是該如何培養這些資賦優異的學生，使他們人盡其才，未來能為社會有更大的貢獻，是更重要的議題。

　　其實，教育的本質該是適性揚才，使人盡其才，正如美國心理學會譽為「天賦心理學之父」的唐諾・克里夫頓所提出的理念：教育應該「化天賦為能力，在適當的位置上發揮所長，更能讓享受滿足的成就感。」[2]人類社會需要各式各樣的人才，如果一個人能找到並運用自己與生俱來的天賦，對個人、對社會都更有意義與貢獻。過去菁英

2　參見Marcus Buckingham & Donald O. Clifton, Ph.D.: *Now, Discover Your Strengths*；中譯本：馬克斯・巴金漢、唐諾・克里夫頓，譯者：蔡文英：《發現我的天才》（臺北市：商業周刊，2011年）。

教育只重視十項全能、每一科都考高分的人，反而是製造考試機器，是錯誤的觀念！

國民義務教育的目的主要在提升國民素質，所以十二年國教不但不應廢除明星學校，反而更應好好思考如何培育菁英人才，使國家未來更有競爭力！

六　十二年國教的成敗關鍵──師資培育

十二年國教於一○三學年度開始實施，這是教育史上的重要大事，值得樂觀其成！

但是，由李遠哲領導的十年教改失敗陰影猶存，考試領導教學的現況依舊未見改善，十二年國教的前景似乎令人無法樂觀期待。尤其媒體報導的多為負面訊息，如：名校的入學方式是否造成更多不合理的競爭？如何達到公平入學？如何達到師資供需的平衡？流浪教師的問題如何解決？十二年國教沒有升學考試的壓力是否反而造成未來人力素質的下降？少子化造成師資遇缺不補的現象，代理代課教師充斥校園等等，這些疑惑，令許多教師、家長惶然不安。以致一般人對十二年國教的看法只是九年國教的延長，一切換湯不換藥罷了！

我們認為，教育乃百年大計的重要工作，民族文化承先啟後、開展新局，全賴教育。任何教育政策的制定，必然有其客觀環境的需求性，何況延長國教年限至十二年，並非始自今日，至少過去二十年各界均有此呼聲，而今真正落實，大家應該通力合作，正面以對！

而其中尤為重要的工作是師資培育！因為站在第一線教學的就是教師。優秀的師資是未來推動十二年國教真正的動力！

民國八十三年通過〈師資培育法〉，取代民國六十八年的〈師範教育法〉，當時師資培育的重要方向是：多元化、儲備性、自費制、

甄選制，基於上述四人目標，沒想到反而造成今日師資供需失衡的現況！當然，影響師資培育的重要因素不只一端，例如教育系統本身包括教育組織變革、學童就學率、班級學生數、教師員額編制、退休制度及教師異動數等，而教育系統外，則包括政府政治政策、人口出生率、社會經濟狀況、社會的價值觀、教師的社會地位及影響力等等因素，真能完全做到師資供需的精確平衡並不是一件容易的事！

依據教育部所公布一○一學年度「師資培育統計年報」，從民國八十五年至今，總計有一七四、八○三人取得合格教師證，其中九五、三○二人取得正式教職，而一七、七一七人在公立學校擔任代理、代課教師，至於「儲備教師」（也就是俗稱的流浪教師）則有六一、七八四人，媒體則再加上每年新出爐的畢業師培生，號稱約十萬名流浪教師。這不但是令人憂心的數字，也是值得正視的社會問題。不過，真實的情況是：這些儲備教師中擔任公務機關正式編制人員計五、六二五人、公務機關正式非編制職缺及其他行業者計有三六、二二三人，另有進修碩、博士全職學生計二、九九七人。大多數受過師培教育者均能以其所具備之多元專長在各行各業中生存。所以真正不滿現狀的是一七、七一七人在公立學校擔任代理、代課教師的這一群，他們具有合格教師身份，卻無法取得正式的職缺，有的於代理數年後謀得正職，有的卻年年考教甄、年年代理，甚至長達八年、十年，自嘲為「流浪教師」！尤其近年受少子化影響，各級學校學生人數逐年下降，除減班因應，教師職缺多數遇缺不補，改以聘代理、代課教師應急。而代理、代課教師流動率高，目前甚至還出現靠仲介覓才的怪現象，某些媒體報導，代理、代課教師數量已多達五分之一！臺北市中小學一○二學年度聘任三個月以上代理代課教師人數至今有一一‧四六％。其中居然還出現代理教師沒有合格教師證的達一六％，代課教師沒有合格教師證的更達四五％。換言之，這些教師一面教

書，一面還得努力準備教師檢定考試！難怪市議員質疑，恐怕會犧牲學童就學權益。

事實上，教育部已努力設法改進中，例如配合行政院組織改造，於民國一○二年一月一日成立「師資培育及藝術教育司」，專責處理師培相關事宜，且配合十二年國民基本教育分階段逐步實施計畫，彙整師資培育各層面數據資料，以完整師資培育歷程為主軸，發行「中華民國師資培育統計年報」一○一年版。

依據這份資料，我們可以看到教育部目前已擬出新的師培方向，就是以「優質適量、多元專業」做為師資培育制度之價值核心，以期配合各級學校需求，並透過教師職涯發展之整體教育思維，規劃辦理各教育階段各師資類科、領域、群、科的師資培育工作。

以一○一學年度師資培育人數為例，由師資培育核定名額自九十四學年度的一六、六五八名，逐年遞減至一○一學年度核定名額為八、五二一名，如此持續精簡，已足顯現師資培育數量第二階段規劃方案成效。這是值得肯定的！

但我們首先要指出的是：量的精簡並不能保證質的提升！

以一○一年度教師資格檢定通過率達六成一為例，民國一○一年度高級中等以下學校及幼兒園教師資格檢定應考人數為九、四三九人、到考人數為九、○七七人、通過人數為五、六○八人，通過率為六一‧七八％（通過率以到考人數計算），相較去（一○○）年通過率五八‧九三％，增加二‧八五個百分點。教育部認為：整體而言，我國自民國九十四年首次辦理教師資格檢定，至一○一年度之教師資格檢定通過率均達五成八以上，表示我國教師資格檢定以公正、公開、客觀之原則辦理，且維持數量充裕、素質穩定的高級中等以下學校及幼兒園師資人力來源。

但教育部忽略了一點，這項統計數字完全奠基於考試制度之上！

換言之，我們今天所謂的公正、公開、客觀之師資來源，完全建立在一次筆試、一次口試、一場十五至二十分鐘的教學演示，即所謂的教甄之上！

過去實施數十年的大專聯考，以公正、公開、公平的考試方式選取入學的學生，但卻為人詬病「一試定終身」，遂有多元入學等改革方案出現。而今師資人力來源竟然完全依靠教檢、教甄等考試方式，目前日本推動「學習共同體」的佐藤學先生直指「考試是工業時代的產物」，我們的合格師資卻全賴一次考試！這是否值得主管當局深思改進之道？

其次要指出的是：教育現場需要源源不斷的優質新血，未來才能真正務實推動十二年國民基本教育，所以國民中小學教育宜重視第一線教師的新陳代謝問題。

教育界的新血來自師培大學。換言之，師培教育要能吸引第一流的人才！過去師範體系以全公費的方式培育不少家境清寒優秀的學子，這些公費生從大一踏入校門那一刻就以「教師」的身份自許，日常生活行住坐臥、求學受教，都受到「師範」觀念薰陶，四年之後，站在講臺，幾乎都終生奉獻教育界；而今天的師培工作，由各大學師培中心負責，只是大學的一個小單位，先天資源不足，加上現代學生觀念自由多元，修教育學程只是未來職業選項之一（有些學生同時修其他學程，忙到分身乏術，所以在修教育學程時態度並不認真，缺席遲到乃常事，學程修畢，見異思遷的現象甚為平常），目前各大學修讀師培課程，通常以學科成績做篩選，最後湊滿教程必修學分即可參加教檢，取得合格教師證，進而參加教甄，成為正式教師。兩相比較，敬業態度及專業精神，高下立判！過去師範體系時代有許多良好的師培學風，於今也蕩然無存！最可惜的是過去三所師大、六所師院如今都成了「師範大學」、「教育大學」，但是在教育部的政策下被迫

轉型為綜合大學，本來全校各系所都是師培單位，而今卻被迫轉型，年輕教授根本不願擔任師培課程，升等不易！以致專科教材教法、教學實習課程面臨斷層危機，某些科系甚至亟思自中學尋覓師資！教育部既然維持「師範大學」的老招牌，就該思考如何名實相符、推陳出新之道！至少恢復部分過去師範體系培育師資的方式，吸引真正有志教育工作的優秀年輕學子！

　　至於如何甄選優秀年輕學子？欣聞教育部正委託臺師大研發人格檢測，以情境考題測驗學生是否具師生溝通、人際溝通、班級經營及親師相處等能力，做為師培生篩選機制之一，有人認為學生是否具有當教師的資格或能力，並非天生，多半靠後天訓練及培養，教師過多的問題，必須靠市場機制解決，不適合用人格檢測方式來做篩選，比較迫切需要的是淘汰現職不適任老師。我們認為，師培工作必須有多層關口，才能真正培育優質教師！學生具備良師的基本人格特質，如身心健康、善溝通、表達力強、熱情、有使命感、責任心、正義感、強烈的學習動機…假以時日，未來在教育職場自然勝任愉快。不致成為不適任老師。畢竟，淘汰現職不適任老師非常不容易！甚至如何定義「不適任」都可能引致爭端！所以教育部該積極思考如何從師培源頭吸收年輕優秀的人才？

　　此外，師培工作除職前育才、選才外，另一重點是在職教師進修。依教育部統計，一〇一學年度在職的中小學及幼兒園教師中，具碩士學位者占四三‧七五％、具博士學位者占一‧〇九％，比前一年成長四‧二％及〇‧〇七％。整體來說，中小學老師已經有四成五具碩士以上學位。且教育部目前正以鼓勵方式讓教師到大學進修以取得碩士以上學位，最後目標是整體提升教師學歷至研究所階層。教育部宣稱是「先提高教師的教學知能，再慢慢以循序漸進方式達成。」

七 結語

　　我們要指陳的是：終身學習、教師進修絕不是口號！教育部的方向是正確的！但高學歷並不等於高教學知能！且研究所的育才目的是培養學術研究能力，許多一流學者訥於表達，其實並非合格教師！高學歷和培育中小學師資的目標並非完全吻合！所以教師進修應再思考更多元的管道！否則為了進修，請假數年不教書，重回職場宛如新手，只是形式上為統計數字多了一名高學歷教師而已！意義何在？何況研究所進修所得若無法應用於職場，其意義何在？

　　臺灣十二年國教的教育改革目標究竟是什麼？無非是因應全球化時代，提升國家競爭力！今天的教育，影響明天的競爭力！所以，各國都不斷努力做教育改革，這是必然的趨勢。「國家競爭力取決於教育」，這絕不是危言聳聽！

　　所以，我們希望透過十二年國教，適才適性教育每一名學生，使每個人都是未來社會上的人才。而我們的師培教育，是否也應朝此方向思考？如何做到「優質適量、多元專業」的師資培育目標？提升每一名教師都成為優秀的適任教師，讓每一名教師都成為推動十二年國教的動力馬達，帶動校園、教室的學習活力！

第四章
從語文規範看臺灣的語文現象
──以民國八十年的觀察為例

一　前言

　　打開電視，聽到一句：「理查王子到臺南！」隨即出現的畫面卻是售屋廣告。原來「理查王子」並非某異國貴賓，而是臺南某幢預售屋的名稱，英文則譯為「Rich Prince」，真令人啼笑皆非。然而，這卻是臺灣地區民國八十年當時正流行的語文現象之一。

　　臺灣地區的語文現象是語言學家頗感興趣的題目，因為這裡有全中國各地的方言與「國語」相混雜，有中西合璧、傳統與現代交織的種種現象，誠如臺大黃宣範教授所言：「是社會科學家檢驗社會理論的理想地區。」[1]

　　其實，語言專家之外的一般居民，只要有機會和其他華語地區的人接觸往來，也很容易體會到臺灣地區的語文特色。例如：民國七十八年，臺灣資訊界組成了「第一屆臺灣資訊探親考察團」赴大陸各地「交流」。事後有如下的記錄：

　　　　雙方工程師在對談時，你閉著眼睛，也可以分辨出誰來自臺
　　　　灣，誰身在大陸。臺灣工程師一句話裡至少有3個英文，不僅
　　　　是術語，也是普通的動、名詞；而大陸工程師，始終使用純淨

1　《國文天地》七卷六期（1991年11月1日），頁16。

> 的中文。臺灣的術語中譯，3人行必有不同；大陸的術語從北
> 京講到西安，講到南京，再講到杭州，則始終如一。這一方
> 面，顯示臺灣科技「國際化」的程度甚於大陸；但也反映出大
> 陸科技生根的努力跨越過臺灣。[2]

上述的文字，是從事資訊業者的觀察，相當翔實的表達出臺灣語文現
象之一斑。細心的讀者也不難發現，凡是引用數字的部分，該文都直
接用阿拉伯數字符號標示，與傳統書寫數字的方式大不相同，例如：
「三人行」原典出自「論語」，此處書寫為「3人行」，並不依照傳統
的規範。

　　從這段引文中，可見到大陸地區在語文規範方面與臺灣似有顯著
差異。這與「大陸科技生根的努力跨越過臺灣」沒有什麼關連。若大
陸真正重視科技生根，也不會在全世界共黨國家紛紛改絃易轍之時，
猶抱殘守闕硬撐到底了！資訊業者觀察到的現象應解釋為「大陸在語
文規範方面做到了普及於各行各業，連最尖端的資訊業也不例外。」

　　事實上，語文「規範化」一詞就是中共創出來的。其最初目的很
明顯的是基於政治上的需求，統治像中國這樣幅員遼闊的國家，欲求
維持「大一統」之局，必然在語文溝通上要設立一定的標準。當年秦
始皇就以專制力量奠立了「書同文」的基礎，而「語同音」的理想由
於交通不便，雖經二千多年的專制，亦無法如願。但由於「書同文」
的緣故，中華民族雖經數千年的分分合合，始終維持「天下一家」的
大局。

2　《熱訊》第一一三期（1989年2月15～3月15日），頁74。

二　何謂「語文規範」

　　中共在統治大陸地區的次年，就在「人民日報」社論〈正確地使用祖國的語言，為語言的純潔和健康而鬥爭〉一文中提出：「正確地運用語言來表現思想，在今天，在共產黨所領導的各項工作中具有重大的政治意義。」一九五五年，並舉行「現代漢語規範問題學術會議」，說明：「我們所提出的漢語規範化問題，那就是要確定漢民族共同語的組成成分盡可能地合乎一定的標準，那就是要根據語言發展的規律，採取必要的步驟使得這全民族的語言在語音、語法、語彙方面減少它的分歧，增加它的統一性。」[3]一九五四年，中共已明確規定「以北京語音為標準音，以北方話為基礎方言，以現代典範的白話文為語法規範。」[4]這就是今天大陸所謂「普通話」制定之源。

　　不過，規範化的觀念，早在民國二年即有，當時國民政府成立了「讀音統一會」，訂定六千五百字的標準發音，以及六百個專門術語。民國八年，又有「國語統一籌備會」擴增標準發音字為一萬三千多字，並出版第一本字典——國音字典（上海商務印書館出版）。當時的「國語」，兼採南北方言特色，不純粹是北平話。由於爭論不休，到了民國二十一年才以北平音為本，並編了「國音常用字彙」。這套「國語」系統，隨著民國卅八年中央政府遷臺，成為臺灣地區推行「國語」的藍本。

　　比較而言，臺灣與大陸在語音的規範方面，標準完全相同，語法

3　全國語言文字工作會議秘書處編：《新時期的語言文字工作》（臺北市：語文出版社，1986年），頁57。

4　全國語言文字工作會議秘書處編：《新時期的語言文字工作》（臺北市：語文出版社，1986年），頁25。

也都以五四運動所倡的白話文為標準，比較不同的是，大陸由於早期
倡行文字拉丁化失敗不得不倡行「簡化字」[5]，臺灣則保留傳統書寫
方式，致有今日所謂文字上的「繁簡之爭」。

　　大陸地區對語文規範化的工作一直很努力，一九八六年一月並出
版《新時期的語言文字工作》，一九八八年八月出版《語言文字規範
手冊》（增訂本），可見「規範化」一直是中共注意的問題。相對的，
臺灣地區在語文規範方面，除了推行國語相當成功外，語法的整理，
迄今沒有見到一本系統完整的著作，而文字的整理方面，較具規模的
是教育部曾委託國立臺灣師範大學國文研究所研訂國民常用字並訂正
國民常用字體，並於民國六十四年九月印製「國民常用字表初稿」
（收錄4709字），後經修訂頒行。於民國七十二年印行「常用國字標
準字體表」（收錄4808字）、「次常用國字標準字體表」（收6341字）、
「罕用字體表」（收18480字）（均由正中書局印行）。

　　事實上，真正採用為字模的，除了正中書局於民國七十四年印行
「國民常用標準字典」外[6]，只有三民書局的「大辭典」、「新辭典」、
「學典」等及報界的「聯合報」、電視臺的字幕等，一般刊物、字典
仍是各行其是。此外，聯合報及國語日報曾整理過常用字[7]，主要為
新聞媒體之需，並不是給一般國民使用的「規範」。至於辭彙方面，

5　中共由於推行「簡化字」，將未簡化的字改稱為「繁體字」，其實這名稱極不妥，
　　「繁體」中也有比「簡體」筆畫還少的字。故近年臺灣地區稱「簡化字」的相對字
　　為「正體」字，比較正確。但中共誤以為「正體」的相對詞是「邪體」，始終拒絕
　　接受。其實「簡化字」最正確的名稱是「簡訛字」。「簡化字」最大的困境是：它根
　　本是「訛字」！

6　民國七十八年修訂版，增收「國語注音符號第二式」。

7　約十年前，由世界中文報業協會及聯合報發起，林語堂先生及羊汝德先生主編，整
　　理出三千常用字，供新聞界參考，並未對外發行。

從事收集工作的，則有國語日報編的字典、辭典及外來語詞典等。[8]
民國七十三年起，聯合報編了「新聞辭典」[9]，但這些都談不上「規範」。唯一較具規範性質的，就是國民中小學的教科書，多年來一直統一由國立編譯館編定，迄今如此。對於一般國民識字方面或有基本的規範作用。

　　然而，隨著時代的腳步前行，語文所欲表達、呈現的事物日益複雜，尤其今日的中華文化與歐美文化相較，明顯居於弱勢，外來的觀念、事物正如潮水般湧入。臺灣地區近年來一方面由於生活自由、經濟發達、教育普及、政治開放、資訊傳遞迅速等等因素，語文發展呈現蓬勃現象；一方面則由於特殊的政治環境因素，小小的島上聚居了來自全中國各地區的人，方言、國語並存，加上英、日語等外來強勢文化影響，使臺灣地區的語文呈現出特殊的風貌。特別是傳播媒體在「解嚴」之後，為了生存競爭，幾乎每日皆在創造新詞[10]，並改變傳統語法使用習慣，令從事語文工作者頗有目不暇接之感。

　　面對臺灣當前種種語文現象，我們雖不贊同大陸地區以政治目的為重的「規範化」，但就當前臺灣地區漫無章法的混亂發展方式而言，的確必須思考語文規範的問題了。因為即使沒有特定的政治因素，任何語文都有其自然發展的生命，每經過一段時間後、或多或少

8　國語日報社算是最早收集整理當時日常使用詞語的專業單位，如民國六十四、五年即開始從事外來語、破音字之整理，民國六十八年印行「國語日報破音字典」、民國七十年印行「外來語詞典」、民國五十八年開始編輯辭典，民國六十三年印行「國語日報辭典」，收錄了「自助餐」、「樂普」……等新詞，當時頗轟動。民國六十五年又印行「國語日報字典」等等。

9　自民國七十一年起，聯合報設立「新聞辭典」專欄，自民國七十三年結集成書，迄民國八十年止，已出了十輯（收錄至民國七十六年之資料），共收一千八百零二則詞條，其主要目的是協助一般人閱讀新聞報導。

10　這可由「新聞辭典」收錄內容證實，約五年內，出現了一千八百零二則新詞。其實未收錄而社會上流行的新詞猶倍於此數。

都會呈現一些變貌，有的是白創新的語言模式，有的是吸收其他語文的表達方式。而放眼世界各國，也都有語文規範的情形，如美國首創的KK音標即為記錄美語而訂出的，而德國、法國、日本、英國等，也都各有不同的經驗與作法[11]。因此，我們在此借用了大陸地區使用的「規範化」一詞，略窺臺灣地區當前呈現的複雜的語文現象。筆者才疏學淺，只能算是拋磚引玉，期待博雅方家共同關心此問題！

三　大眾傳播媒體是最主要的語文教育者

依據行政院新聞局的統計，臺灣地區現有報社二百二十六家（至民國80年10月底止），雜誌四千一百八十家（至民國80年9月底止），通訊社一百八十六家。以數量來說，頗為可觀。

臺灣地區由於經濟繁榮、民生富裕，資訊發達，大眾傳播媒體成了一般人日常生活中主要的資訊獲取來源，也成了一般人思想觀念的教育者。根據民國七十六年的統計資料，臺灣每十戶有九戶以上擁有電視機，幾乎每個人有一臺收音機，而且三分之二的家庭都訂閱報紙和雜誌，而根據民國七十九年的統計資料，成長速度頗快，每千人擁有兩〇一點二報紙或雜誌，每千戶擁有電視機一一三一點八架、錄放影機六五五點七架。至於收音機則因數量過多，平均每人擁有數架，不予統計了。[12]。

大體而言，大眾傳播媒體早期多以傳遞官方政策為主，所以刊登的消息大同小異，但隨著社會日趨開放，今天的大眾傳播媒體都具有高度商業化導向。尤其「報禁」解除之後，記者無不使出渾身解數，

---

11 據《新時期的語言文字工作》，頁244，德國對公開陳列的廣告、布告、招牌及公開發行的書刊，設有標準文字監督制度。

12 筆者所搜集之資料來源係內政部統計處資料室所公開陳列者。

在文字上展現吸引人的功夫，自創新詞，改換成語，顛倒語序，唯一的目的就是增加銷路，有一句成語形容得好：「無所不用其極」。換言之，臺灣今日呈現的語文現象，始作俑者就是大眾傳播媒體。因為今日媒體不僅僅傳播新聞而已，本身還忙著「製造新聞」。[13]。

　　最值得注意的是，它對一般人產生的教育功效，遠大於學校教育。以十月十六日獲美國總統提名為最高法院大法官，復經參院表決通過的湯瑪斯案為例，他因七月一日受提名為大法官，而遭指控為多年前有「性騷擾」行為，在美國媒體渲染下，成為該國引人注目的「大新聞」。不料臺灣新聞媒體也東施效顰，從立法院的公開質詢到社會各界廣泛舉辦座談，甚而引發「臺灣性騷擾案」，真有兩造對簿公堂，各執一詞。據一位小學教師在報紙上表示，小學生最新的口頭裡居然是：「老師，他對我性騷擾！」[14]。媒體教育之功，可見一斑。

　　我們從語文本身來看，今日臺灣地區的語文，不論從語音、語法、詞彙等等角度來看，都在大眾傳播媒體的引導下，有了極顯著的變化，臺北師院語文系副教授羅肇錦先生用了當前流行的新詞「鬧熱滾滾」來形容這種現象[15]，非常傳神。

　　我們隨意從報紙、雜誌上都可以看到數不清的例子，了解到今天大眾傳播媒體對一般人的深刻影響。特別是日常生活中觸目可見的商店招牌、廣告詞句、廣告傳單等等，以及隨處可聽見的流行歌曲詞等，都可以看到許多值得我們注意的現象。

---

13 例如民國八十年九月三十日晚間，外交部長章孝嚴及立法委員謝長廷在臺視進行了一場創記錄的電視實況轉播，辯論加入聯合國的問題。華視則於數日後也湊熱鬧，邀請正反方人士舉行電視辯論，不料反方人士出爾反爾，產生了預告節目無法如期進行的「新聞」，媒體自身破了新聞焦點，因此有人謔稱媒體是「製造業」。

14 見《中央日報》十一月十一日「有話大家說」，一位國小老師撰文描述此現象。

15 《國文天地》七卷六期（1991年11月1日）。

四　八○年代語文現象試析

以下隨意撿拾一些例子，略述當前語文現象。

（一）一般人對本國語文抱持輕視心

從歷屆大專聯考分數顯示，語文成績較優者都以「外文系」為優先志願。近兩年趙廷箴文教基金會遂以高額獎金的重賞方式，鼓勵考生以「國文系」為第一選填志願，每名學生一學年可獲得獎金十萬至十二萬元。不知這樣的重賞之下，是否可以稍稍扭轉今日一般人輕視國文的心態？

由於不重視國文，所以學習時對於語音、遣詞用字、語法等等僅求達意即可，並不要求「精確」，因此錯別字到處可見，對於國語中聲母、韻母、聲調的區別也並不在意[16]，甚而以「方言」為護身符。其實語文都是後天習染而得，一般人學習國語都是從童稚開始，很多人懂得如何說標準國語，在日常生活中卻不肯使用，認為太「矯揉造作」，只有播音員廣播或參加演講比賽時才聽得到標準國語。筆者認為心理因素是一大原因，因為這些人在學外語時，則戰戰兢兢，努力習得一口「字正腔圓」的日語（最好是東京腔）、英語（最好是倫敦腔、牛津腔）或美語。

以下舉一些錯別字的實例：

其一：民國八十年，臺北市一所實驗國民小學為了慶祝校慶，樹立了一座醒目的招牌，陳列於人車不絕的和平東路上，上面寫著：

16　參見羅肇錦：〈熱鬧滾滾——大眾傳播語的分合〉，《國文天地》七卷六期，頁13-14。

　　　慶祝改棣暨四十六屆校慶運動大會

原來該校原屬「省立」，如今改為「國立」，正確的用法應是「改隸」[17]。雖經家長指正，但該校不為所動。以教育下一代為職的小學，居然如此「不求甚解」，頗令人感到疑惑與意外，或許可以說明輕視國文已是普遍心態了！

其二：一般民間廣告、海報也如此，臺北一家「中興大業巴士」在車廂內掛了許多標語，勸導乘客不要吸煙，卻寫成：

　　　請「嚮」應拒抽二手煙運動

　　臺北「311」路公車上的一則標語，寫成：請讓坐老、弱、婦、「懦」。
　　車上乘客來來往往，已看了半年之久，似乎也視若無睹[18]。

其三：至於政府機關也不例外，如某單位為了宣導國民重視環境清潔，標語卻是：

　　　迎接八十年整潔

怪異的句法，令人不知其意何指？

---

17 隸，屬也。棣，通「弟」。二者音義均有別。
18 「嚮」應改為「響」。二者音義有別，但今天許多人混用，主要受簡體字「响」的影響，一般人常分辨不清。

其四：較令人不易諒解的是出版業者對文字的漫不經心，特別是字典、辭典，應該經過數次「精校」，不容有「手民之誤」才是。我們看到的卻相反。例如：民國八十年，一部由臺大顏元叔教授主編、林耀福教授校訂的「時代英英、英漢雙解大辭典」出版了，該書號稱絕非「剪刀、漿糊」之作，收錄近二十萬條辭彙，可見是頗用心編輯的辭典，但在「序」中我們就見到如下的句子：

> 基礎英語把握得牢靠，「對英語才能有所mastery。」……因為，要了解「您」生的，必須先了解現成的。……學習者通過聯想，不僅容易記得單字片語，更能「敲定」各辭字間的微妙差異，……這部辭典「儘」了最大的努力，列舉各字的同義字、近義字、反義字，以為識字時的參證。……只有這樣，我們的英語知識才能「被帶回到母語裏」。……「一並」記在這裡，聊誌這部辭典誕生的過程。

短短一篇序文，有最新潮的句型，中英夾雜，有錯別字，也有含義不清的句子。編校者不在乎是否影響自己的頭銜，任由書商印行問世，唯一可解釋的理由就是一般人並不重視本國的語文。

（二）文句中夾雜英文字母或詞彙

　　這種現象起初出現在翻譯書中，譯者或許為了徵信之故，將原文以引號附加在譯文之後。後來則因留學外國者日眾，學成返國之後，發現「國語」已不足以表情達意，所以一句話中必須夾雜英語。特別是醫、理、工、商等專業術語，常直接用英語辭彙表達。其例可說不勝枚舉。

　　近年來則蔚為新潮的時尚，有些人連日常會話中也如此，例如：

「我最近接了一個新case！」（可能是一位商場業務員說明他的新工作）

「他被老板fire掉了！」（意指「解雇」）

「這件事不容易handle！」（意指「不容易處理」某事）

「你目前的兩首歌曲都stand by好了嗎？」（10月2日，某電臺訪問節目中的對話）

在報章雜誌上，則隨處可見，成為編排版面的新方式之一。例如：

1 與外來語有關的專有名詞

卡拉OK、GIFT嬰兒、VIP休閒中心、IBS牛仔褲、7-Eleven便利商店、LD影碟交換中心、SD鋼彈文具組合、味味A肉羹麵、資訊Bar、沙拉Bar。

2 廣告詞

「下班回家，HAPPY一下！」

「這是一個AV時代！」

「解說員VS小學生！」

「把自己SHOW出來！」

3 記者筆下的採訪報導

秉持「傳統」的婚姻觀，郭偉瓊過的是很「尖端」的生活。她已經七年沒有回臺灣過年，自己一個人住在自購的房子裡，她明白自己已擁有許多自由，所以也很願意撥時間跟父母做「PR」。

所謂「PR」就是「公共關係」，簡稱「公關」，是今日商界流行新

詞。這句話應指「她有時去探望父母」，但今日記者筆下卻成了「跟父母做PR」。幾年前若看了這樣的句子，恐怕令人瞠目結舌，不知所云。

4 流行歌曲的「歌詞」

　　尤其年輕的歌手，如「小虎隊」、「草蜢隊」、「紅孩兒」等等主唱，由年輕人自撰的詞曲，一句中文，一句英文，交錯並陳。或一句話中夾雜英文字彙。例如：

　　　　「OH！Lonly寂寞無盡的黑夜！」
　　　　「無奈foryou！」
　　　　「SugarSugar，甜蜜女孩！」
　　　　「MyLove，別讓我等得太久！」

甚至有一種作詞新法，將整首西洋流行名曲（流行年代不一，有些是三四十年以前的老歌）放在中文流行歌之中，兩首相混，成為一首「新曲」。這種「中西合璧」法，真令人嘆為觀止！

　　目前中視公司每晚八點正在播放中的「連續劇」──「婆媳一家親」，片頭「主題曲」也採用這種新潮方式，大約是為了「迎合觀眾口味」吧！

（三）使用諧音字

　　這些諧音字，有些在發音上並不完全相同。常見於報章雜誌的標題或廣告詞。例如：

　　　　新「食」代來臨了！（記者介紹飲食業的新貌）

「豬」事不順，官民合力（指臺灣的養豬業因污染問題面臨困境）

我是您最「籐」愛的椅子（九十傢俱廣告）

人生喜圓圓，處處「金」美滿（汽車廣告）

測驗一下，「性」不「性」由你！（中時晚報80.7.23九版標題）

閱「冰」大典！（義美食品在雙十節刊登的廣告，促銷冰棒、冰淇淋等）

（四）模仿或改造流行語句

　　透過媒體的傳播，許多廣告詞成了人人琅琅上口的流行語句。如幾年前流行的「傷腦筋」，最近流行的「只要我喜歡，有什麼不可以」，普遍受到年輕人的歡迎，可適用於任何反叛行為。最後勞駕新聞局請廣告商修剪，只剩下前半句。這種語文模仿的現象目前頗流行。模仿的方式甚多，如幾年前棒球界的術語「出擊」，後用於某電視臺節目「強棒出擊」，而今報紙上的專欄改造為「新聞出擊」、「溫柔出擊」、「年輕出擊」等等，令人不知所云。

　　由於大眾傳播媒體經常報導政壇消息，許多政壇術語或宣傳詞，成了一般人喜歡模仿的對象，如大陸提出「三通四流」，臺灣以「三不政策」回應。某房屋廣告則改裝如下：

大時代，堅持3不政策！

1.堅持良心低價不妥協！

2.堅持輕鬆分攤付款！

3.堅持超值空間，超大棟距，超高品質絕不打馬虎眼！

一句「愛拼才會贏！」可以從政黨文宣詞語，運用到任何具有競爭意味的場合。

一句「愛到最高點，心中有國旗！」被一家報紙影劇版標題改為：「轉播到最高點，心中有廣告！」而一位家長批評學校教育孩子不當：「競爭到最高點，心中沒有愛！」「心中有愛」又源於某次中國小姐的選美廣告詞：「美就是心中有愛！」

家庭計畫中心宣導節育：「一個不算多，兩個恰恰好！」某眼鏡店改為：「一付700不算多，兩付1200剛剛好！」

某政黨自稱其黨工為「政治菁英」，於是社會各階層到處可見「菁英」，浮濫的程度，就像幾年前的「青年才俊」一詞一樣。例如：保險、地產、廣告、期貨、餐飲、百貨、旅遊、證券等服務業的蓬勃發展，的確培養出不少「菁英」職業婦女。所謂「菁英職業婦女」，又稱「女強人」（原為一本暢銷小說的書名）。

由於近年來證券市場興隆，出現了「交投活絡」一詞。某位記者為了介紹中元節（俗稱鬼節）房地產業並未受影響，新聞標題是：交投「鬼」絡，下文說明：「七十七年度農曆七月的房屋交易量，反而造成另一個高峰。」若非熟悉臺灣語文現況，對記者筆下所言，真會如陷五里霧中！

有一首流行歌曲名：「玫瑰！玫瑰！我愛你！」被某雜誌改為「發票！發票！我愛你！」原來臺灣地區自民國四十年實施統一發票制度以來，隨著民國七十五年起營業稅改制，政府極力宣導購物後拿發票，並每隔兩個月有對獎活動。據統計，七十九年一月，臺灣地區使用了一億一千萬張，八十年七月，高達兩億一千萬張。七十九年度發出三十七億元獎金。七十九年一位逢甲大學學生，買了一份報紙（10元），居然中了特獎「兩百萬元」。如此充滿誘惑力，難怪媒體發

出了頌贊聲！

（五）濫用「成語」

「成語」原為中國語文一大特色，詞義精簡生動，且皆有歷史淵源。今日臺灣則任意改造或濫用，以達到「語不驚人死不休」的效果。濫用的方式是將指稱對象混用，形容「人」的詞彙用來形容「物」，改造方式則多以諧音方式，擅改原句。目前在報章雜誌的標題及廣告詞中蔚為風氣。例如：

> 虎父無犬子，將門出豪傑——大慶汽車繼性能獨到、廣受歡迎的捷速帝、金美滿之後，再推出稀世珍品。

「虎父無犬子」這句成語原用於「人」，今日的廣告詞指的是「車」。該廣告又將生物學上的「品種」一詞，用來指車。稱該車為「黑色稀有品種」。

> 系出名門、秀外慧中、氣質優良、清純佳人……

以上的成語，居然是某房地產公司的售屋廣告，將「房子」擬人化，彷彿描述一位迷人的女性，而「風華絕代，亙古永恆」指的竟然是某牌子的手錶。

> 漲可漲，非常漲，你漲我漲，大家都在漲。郵資漲，紙張漲，印刷漲，開銷漲，成本漲，一漲再漲，人人都說為什麼竟然又漲？今天不漲明天漲，現在不漲將來漲，似乎遲早總得漲……

這是「遠見雜誌」的一則促銷廣告,以數來寶的口氣,提醒訂戶「10月15日以前訂閱享有舊價」。事實上這是改編自東元家電的一則廣告。而前面兩句,則改編自《老子》的:「道可道,非常道。」

麗晶酒店宣傳該店「采逸樓」有「正統粵菜的道地美味」,廣告標題是:「粵趣無窮!」將一般習慣的「樂趣無窮」一詞略改其貌。

「學貴在精」,勉人專心致力某一學問,一家衣飾廣告改為「衣貴在精」。

一家報紙批評醫界收紅包之陋規,標題是:

「醫」不逢辰,另謀「生」路

「紅」運當頭,「包」不住病

介紹「中華工程公司」的標題是:

脫胎換「殼」,八方出擊

「英雄所見略同」被一家報紙標題改為:「新聞周刊、時代雜誌所見略同」。原來是指九月九日國際版「新聞周刊」及「時代」雜誌封面不約而同採用同一幀由法新社記者拍攝的烏克蘭人示威照片。將「雜誌社」擬人化,與「英雄」並舉。

「女為悅己者容」,某報紙改為「女為己悅者買」,介紹最近流行的男性化妝保養品。

有些則隨意更改成語中的字眼,如「國泰人壽」的一則廣告:

為企業的成長空間「住」一臂之力

本來是「助一臂之力」,為了強調該房屋廣告,故意將「助」改為「住」,成了一句不知所云的新成語。

(六)命名喜標新立異

由於商業發達,各行各業的命名都出現了奇招。最普遍的是以「新奇」、「怪異」為勝。其方式則不一而足。如:

「目擊者」是一家辦公家具製造店,「致命的吸引力」是一家鞋店名,「試管女孩」、「兩把刷子」則是服飾店,「阿瘦」則是一家頗著名的鞋店名。

某家公司出產一種飲料,命名為「奇檬子」,原來是音譯日語的「きもち」,意指心情、情緒、感受、心境等等。也有的公司直譯為「心情飲料」。飲料與心情何關?這完全是標新立異而已!

最特別的是從事出版及廣告企劃等行業,常自命一些奇特的名稱,以示「不同凡響」。如某本書的編輯、印刷、美工、出版社,印成如下的句子:

秀異份子工作室編輯製作

麥克菲爾創意製作平面造型

尚軒工作室印刷責任

鹽巴出版社

標新立異的方式甚多,包括大量使用音譯的外國人名、地名,誇飾、醜化、諧音字等等。如:

珍芳達韻律教室、莎士比亞圖書館、亞哥花園、凡爾賽、香榭里、羅浮宮花園廣場、阿波羅許願池、凱撒游泳池、哥白尼科學廣場、45°C服飾、撒丁尼亞西餐廳、亞蘭德倫專業整體設計、貝拉貝蘿西餐(據說音譯自義大利文,乃「俊男美女」之意)、麵麵俱到公司、十面埋伏連鎖專賣店、反派主角工作室、R2商業舞蹈聯盟、三口組。

都市土地可謂「寸土寸金」,一般店面有限,卻喜用「廣場」或

「城」等誇大的字眼，如：「家電百貨廣場」、「生活廣場」、「美食廣場」、「熱賣鞋城」、「歐風攝影城」。「廣場」可用於書店、攝影店、電腦店任何商店，如：「時報廣場」、「金石堂文化廣場」、「哈佛結婚廣場」、「中視婚姻廣場」、「宏碁資訊廣場」等等。

臺灣地區的房屋，近年來頗喜愛以外國人名、地名的譯音為命名。如：莎士比亞、愛因斯坦、諾貝爾、新倫敦、哈佛、劍橋、牛津、阿波羅、凱撒、君士坦丁堡、……全成了高樓大廈的名字。

此外，由於和東南亞頗多來往，「臺北檳城」這樣的名字也出現了。總之，以帶有異國風味的名稱命名，也是標新立異的一種方式。

某些行業的名稱，也隨時代而變，如：「理髮業」，改為「美髮業」、「美容業」、「髮廊」，最近又有「造型設計」、「髮城」、「髮雕」之名。（「髮雕」也是一種整髮劑的品牌名。）

最奇怪的是由於政治理念的影響，以醜化自我為美，以反叛為時髦。例如稱臺灣是「亞細亞孤兒」、「國際孤兒」，稱自己的政治組織是「政治受難者聯誼會」。

有些商家則故意用音譯法為商店命名，如：「Boston Pizza」譯為「柏芝碧莎」、「Moon Light」譯成「蒙蕾地」，「Special」譯為「獅輩秀」，令人看了根本不知道這些餐飲業販售何物。

（七）混血兒般的語文組合

這種現象最常見於廣告詞，如某售屋廣告：

> 我們販賣一種名叫「天第」的生活，她——天第，如同勞力士、賓士、BMW一樣，只屬於金字塔頂端的少數民族——天第の人。一個稀少的族群，成熟、睿智、練達，嚴格自我要求，挑剔生活品質，有過人的膽識，不凡的眼光，接近完美主義者。

　　若非配合著房屋設計圖及攝影畫面，這段文字真令人不知所云。流行的語法，如「販賣……生活」夾雜著英、日文字母、新潮的觀念、時髦的詞彙……，組成混血兒一般的文字新貌。

　　最近有兩則引起不少人童年回憶的電視廣告，由「財團法人震旦永續經營基金會」製作，內容如下：

> 你甘ㄟ記吧——淨重50公斤的時代
> 中美合作，淨重50公斤／尿素、硫胺／穿在身上，向前看……／球鞋掛在脖上／搖搖晃晃／剛偷拔的芭樂／實在不怎麼大粒！／千萬別讓隔壁的／歐里桑曉得／他會大叫／「天壽死囝仔啊！妖鬼，別跑！」／跑呀！跑！／跌跌撞撞的四十年／真長！／昨天／帶孩子到超級市場／我喃喃自語／今嘛ㄟ芭樂，足大粒／我的孩子，莫名其妙！
> 你甘ㄟ記吧——焢窯趁燒的日子？
>
> 隔壁的武雄／打架一把罩／村頭的阿木，是彈珠王／班頭阿きお／老想到深山拜師學藝／我們一大票／有一大堆秘密／只有在烤蕃薯的時候／才會大膽的「吐劍光」／四十年，好像好長／又好像是昨天／昨天，武雄打電話給我／他說：阿成，你知道嗎？／阿きお從美國回來了／他想／約大家去Bar BQ／我突然想說：／Bar什麼BQ／去焢窯吧！／我的孩子說：有冷氣嗎？

這兩則廣告詞，融合了臺語句型及英語、日語的文字符號，是典型的混血兒文字風貌。

（八）汽、機車當道的世界

臺灣地區的汽、機車數量近年來節節上升，人車比例已高達三比二。有關汽車的廣告詞非常有趣，不僅車名洋洋大觀（據說全世界兩千餘種車型皆集中於臺灣一地），如保時捷、克萊司勒、凱迪拉克、賓士（朋馳）、富豪、標緻、歐寶等等，對車輛性能的描述往往以擬人化的手法，使「人車合一」，刺激消費者的購買慾。如：

> 車之忍者，一部深藏不露的超級跑車。他必須目光如電，他的心必須衝勁十足，他必須視黑夜如白晝，他必須有腰馬合一的後盾，他的心情必須冷靜自若，他必須踏實穩健且疾步如飛，他的骨架必須天賦異車，他的腿必須異於常人。車壇盛事，一部新車即將推出，請收看今晚三臺聯播。

一家報紙報導有關第二十九屆東京車展的消息，標題是：

> 設計走向人、車、自然交融合一，概念摩托車，如藝術精品。

描述車子的特色是：

> 一款「明日機車」MORPHO II，為未來的機車找尋另一種心靈悸動。

車輛在臺灣，除了可作為身分、財富的象徵，除了可作為代步工具，似乎還可以滿足情緒、心靈上的需求，成為真實生活中的最佳伴侶。

（九）方言詞彙日增

　　中國文字的特色是形、音、義合一，方言與國語最主要的不同就是「音」。近年來由於「本土意識」高漲，尤其主張臺獨者欲從語文角度證明「臺灣」與「中國」之異，故意使用自行創造的方言詞彙；而文學創作為描繪現實人生，在小說人物對話中也有大量使用方言的情形；近年來，廣播、電視演員也不再講究「字正腔圓」，故意以南腔北調表現人物特色。所以報章雜誌上突然增加了許多方言詞彙，如：

　　　　從臺北到巴黎來回，票價由二萬多到四萬多都有，在我們衡量
　　　　時間表後，最後選擇「俗夠大碗」的馬來西亞航空。

「俗夠大碗」的「俗」與臺語的「便宜」發音相近，「大碗」意指「量多」，故其含意為「物美價廉」。

　　由於方言必須借用已有文字，若完全重發音而不顧其字義，則有令人「丈二金剛摸不著頭腦」的情形出現。如：

　　　　鴨霸、代誌、免歹勢、沒三小路用、嘸通惹到赤查某、金敢送。

有些則以英文字母替代，如「QQQ」（形容食品脆韌的性質）。
　　有些則夾雜注音符號，如永和某新開幕的豆漿店張貼著如下的廣告：

　　　　開幕小小心意
　　　　有呷攔有ㄌㄧㄚˊ

臺灣地區的方言詞彙，以閩南語為大宗，其他如客家、粵語、吳語、川語、滬語……都可聽到。例如有一段時間，某電視臺娛樂節目模仿鄧小平的形象製作一個布偶，談論時事，於是「格老子的」不絕於耳。最近某電視臺製作的「連續劇」──「左鄰右舍」，就標榜「南腔北調」，同時上場。

有一段時間，受香港地區影響，「波霸」一詞大行其道。許多人不明白其構詞之理。其實「波」是粵語音譯英語的ball，「霸」則有「第一」之意。再將「波」影射人體器官。故將一些胸部特大的女性稱為「波霸」，即早期所謂的「肉彈」。

新聞報導為求「傳神」，常依方言發音自創詞彙，如：

> 我們看六十三歲的黃主席，愁了一下午，要上個廁所，後面都追了一大批人，急的他跺腳大叫：「哇要棒屎啦！」[19]

（十）大陸新詞及簡化字的影響

由於兩岸關係改變，且臺灣宣布「解嚴」、「開放探親」[20]，彼此交流的結果，大陸地區的通行詞彙對臺灣也有部分影響。如「水平」取代了「水準」。若發生什麼事件，報章雜誌一定有不少「反思」的文章出現。大陸的政治術語也被改頭換面，如「造反有理」被某房屋廣告改為「搶購有理」。大陸的政治口號「三通四流」，被臺灣某電腦公司改為：

> 三通：軟體精通，老板開通，價格普通

19 見《中央日報》，1991年9月28日2版「國內要聞」
20 最近的統計數字，赴大陸探親的民眾，已超過三百萬人次，《　》相當可觀。

四流：品質一流，功能一流，外觀一流，服務一流

　　某房屋廣告公司將新建的房屋命名為「愛人同志親密空間」，並刊登在公共汽車上，每天招搖過市，吸引大家的視線。

　　大陸以西曆記年，近年也影響臺灣，連媒體、行政院、新聞局都不例外，近年很少聽到「民國XX年」。（筆者個人觀察：自1984年此現象約大量開始出現），有時文章中回顧過去，易使讀者造成一些混淆不明的情形，如「五〇年代」不知是指西曆還是中華民國紀元，兩者相差可達十年。

　　大陸地區流行的動詞「抓」與「搞」，在臺灣也有人使用，如某電視節目名稱：「今夜來抓狂」，媒體稱提倡臺灣獨立運動者為「搞臺獨」。

　　蘇聯及東歐共黨國家紛紛走上民主制度後，大陸知識份子稱這些現象為「蘇東波」，臺灣立刻引用此新詞，聯經出版公司的一本新書也以之為名。

　　十一月份大陸宣布要成立與臺灣「海基會」性質相近的「對口單位」。臺灣的傳播媒體立刻出現一片「對口」之聲。以往「對口」一詞只用於「對口相聲」之類，正當大家尚摸不清這新詞含義何指的時候，政府單位發現大陸使用「對口」有「上對下」、「內對外」的含義，於是呼籲改為「對等」一詞。但傳播媒體似乎不予理會，因為已是「誰怕誰」的「多元化」時代了！

　　至於字體方面，簡化字在公開場合並不常見，僅見於部分市面招牌及商標，如公賣局的「臺湾啤酒」，這方面的資料可參見臺大黃沛榮教授的〈漢字的整合與整理〉一文。

（十一）語法混亂的現象

由於外來語及方言等影響，語法上產生了變貌。例如動詞前再加一個「有」字，「有吃過飯」、「有來學校」等已成了習見的句型。

方言的句型近年頗流行，例如：義美公司的廣告詞，套用臺語的句型：

好事報您知，好禮實在送！

名詞、動詞、形容詞的語序顛倒使用，常見於流行歌詞，且其例不勝枚舉。如[21]：

只有自己傷心最適合！

假裝從來沒有故事過！

我要走上我的方向尋找兒時的遺忘！

愛的路上我和你！

跟著感覺走！

你最好把驕傲埋葬！

可是你教我愛情，又教我別離。

AH……你的愛會不會給？

生活生活生活就是你你我我！

多一些溫柔能不能？

你的好我是否可以收藏？

---

21 以下所列舉的句子都來自不同的流行歌詞，一望即知其謬誤所在，故不特別加以分類說明。但以今日多元角度視之，有些已積非為是，約定俗成，甚至成為「名句」，如「跟著感覺走！」之類。

掃射你目瞪口呆的迷惘。

別再抱怨傷心也在放假。

每一個感覺，每一種愉快。

何必用說謊的眼說抱歉？

永不永遠

只要不嫌我舞步笨拙，你是唯一的選擇！

（十二）流行詞衍生力特強

近年來有許多流行的字或詞，很快的到處生根，俯拾可得。這也許得歸功於大眾傳播媒體的發達。例如「性」、「化」用於名詞、動詞、形容詞、副詞之後均可，毫不受約束。如「實用性」、「精緻性」、「學術性」、「自動化」、「矮化」、「地域化」、「國家化」等等，已具有類似拼音文字的「詞尾」作用。

一部美國電視連續劇「百戰天龍」主角「馬蓋先」的口頭禪「帥啊！」也成了青少年表達情意的專用語。此外，臺語的「讚」，英語的「酷」（Cool），方言的糗、踅，還有新近出現的「遜」，都是青少年口中的常用語。

媒體對「秀」則頗有偏好，如「政治秀」、「作秀」、「脫口秀」、「汽車秀」、「穿幫秀」，甚至還有「表演秀」（「秀」源於show，本指「表演」之意）。

另一個日語常用的「族」字，近年在臺灣大行其道，如「銀髮貴族」、「媽媽族」、「上班族」、「火車族」（指常坐火車的人）、「香腸族」、「火腿族」（指夜間使用無線電的玩家）等等，幾乎只要指一群人都可用「族」字作詞尾。

由「族」而衍生為「群」，許多團體自稱為「群」，以前則稱

「團」，如「歌舞團」、「劇團」，現在則稱「群」，如魏龍豪的相聲表演團則稱「龍說唱藝術實驗群」。年輕人組成的公司，常自稱「工作群」。

此外，如「坊」也廣泛應用於各行業，如「美容坊」、「工作坊」、「表演坊」、「書坊」、「麵包坊」、「鞋坊」、「實驗劇坊」等等。報紙上的專欄也有名為「藝文坊」的。

（十三）表現出開放而民主的社會景象

臺灣近兩年在「民主化」的呼聲下，一方面呈現混亂現象，如立法院打群架等等，但另一方面也呈現真正開放而民主的新貌，從語文現象上可以充分得到印證。如財政部賦稅署第四組刊登的一則廣告：

也許你不在乎／也許你不喜歡／卻伴你一生／既不可免／唯盼公平與正義／人們稱他──「國民應盡的義務」／效率與廉潔／胥賴／你我玉成（如有任何關於稅務人員風紀之疑慮、建議或檢舉事項，請與我們聯繫）

政府不再是高高在上的統治者，而是為人民服務的公僕！連催人民繳稅，都要以委婉的新詩提醒國民「納稅是應盡的義務」。臺灣這樣的政治新貌，在中國歷史上應屬「空前」。

表現在語文上的，就是大量新詞出籠及出版品印刷日益精美，許多刊物都不惜以彩色銅版紙印製，以求達到「視覺上滿足購買者的需要」。連喜帖、請帖、賀卡，都要混合著香料，以滿足感官。

開放的社會中，什麼事都可以公開擺在檯面上。以往化妝似乎是女性的專利，現在不然。

例如一則「男仕專用妮維雅沐浴乳」的廣告詞就是：

讓我們來談談，平常我們不願談的事──洗練獨特的男人
味……更有味道淡雅的「魔幻男仕專用香水」，針對男性追求
個性化新主張而設計。

從個人的食、衣、住、行等日常生活開始，許多商品都標榜「高
品質」、「個性化」、「精緻化」。如食米，目前都是「分級小包裝白
米」、「特級良質米」，蔬菜也是「安心蔬菜」、「精緻蔬菜」、「水耕蔬
菜」等。

食品的內容，中外皆有，如「大亨堡」、「福客杯」、「思樂冰」、
「雪克冰」、「莎點」、「麥克雞塊」、「優酪乳」、「優格」，到「無名子
清粥小菜」、「故鄉魯肉飯」、「蚵仔煎」，……眾味雜陳，從這些食品
的名稱即可窺見一二。

食用糖的名詞，除了以往的「砂糖」、「白糖」、「紅糖」、「冰糖」
等，近年還有「豐年果糖」、「果寡糖」等新詞。這些都可看出日常生
活水準提升，除了維生飽暖外，還追求各種享受。例如：

國內「PUB」有愈來愈多的趨勢，許多人都喜歡下班後喝杯雞
尾酒，紓解工作壓力。

娛樂場所除了MTV，進展至KTV、DTV，近年又出現PUB。可
看出社會的多元現象。

男女兩性的角色日趨平等，例如某雜誌的報導如下：

現代女性也提○○七、用大哥大[22]；追求事業，對她們來說，
就像結婚生子對傳統女性一樣自然。

---

22 「大哥大」又稱「行動電話」。早期類似的產品稱「呼叫器」、「嗶嗶call」。

某些家電市場則以迎合女性需求為銷售策略，例如：

> 從一九八三年起，夏普（Sharp）公司對於家電產品的企畫、
> 開發，全部採用配合女性的「LED」（Lady's eye develop-
> ment）系統，目的是徹底而有效地利用女性的直覺去看商
> 品。……使得夏普公司以「新生活商品戰略」聞名，並成為家
> 電市場的佼佼者。

從英語翻譯過來的名詞，如「頂客」（DINK），指一對雙雙就業
卻無子女的夫妻，（double income no kids）在臺灣地區也成為流行新
詞。至於離婚、外遇也像西方社會一樣，不是什麼罕見之事了！

社會日趨開放、多元，如政黨林立，各有主張。最近民進黨甚至
將「臺獨主張」明白列入該黨黨綱，雖引發了輿論爭議，但他們仍我
行我素，並未受到任何阻力，社會一般人也和平的接受，這在幾年前
的臺灣社會是無法想像的事。

繼「六合彩」、「大家樂」之風，民進黨也公開在報紙上刊登半頁
廣告，發行「非彩券」，抄錄如下：

> 非彩券（第二期）七月份訂報大贈獎追到6000萬，第一特獎千
> 萬要你中！為了感謝大家對民進黨報的支持，特舉辦「七月份
> 訂報大贈獎」活動。非彩券，非常精采，愈來愈搶手，獎金更
> 是高得誰譜！

彩券就是彩券，故意加個「非」字，玩弄文字遊戲。但一般人並
不以為忤，民主社會中這是極正常而自然的現象。

科技的發展，使一般人的生活型態為之改變，如「冷凍食品」、

「電子郵件」（傳真機）、「電子字典」，甚至最近成大醫學院發展的「健康IC卡」，可改變以往傳統的就醫方式。

自民國七十九年開始，運動界出現「職棒元年」一詞，表示該年開始，臺灣正式有了職業棒球賽，不依政治上的紀年方式，獨樹一格。民國八十年就是「職棒二年」了。

五　結語

臺灣地區八〇年代的語文現象，從上文概略的介紹中，可發現不論從語音、語法、語彙各方面來看，都呈現了新貌。依筆者的觀察，主要因素如下：

1 大眾傳播媒體的主導

由於教育普及，一般人都要求「知的權利」，新聞記者在這樣的壓力下，每天只得刻意在文字上力求聳人聽聞，創造新詞、新觀念，以適應生存競爭。短短數年內，新詞至少增加了兩千個以上。相對的，濫造新詞的結果，對語文的表達也不求精確。例如十一月十二日中視新聞的字幕，呈現出：

　　許阿桂處理華隆案過程有暇玼。

居然將「瑕疵」兩字都寫錯了。自創了兩個新字：「暇玼」。

某電視廣告，故意找一位多年前的「世界小姐」，口操不標準的國語說：「我運（ㄩㄣˊ）動（ㄊㄨㄥˇ），而且我每天喝安佳脫脂奶粉。」只為了標新立異而已。觀眾每天收看類似的語文訊息，其對語文產生的漠視無知，也就可以想見了。

2. 政治意識的分歧

臺灣的政治情況極特殊，有一部分人始終不認同現有的政權，故意只講方言，書寫時也故意創新字。例如「我」字故意寫成「咱」。甚而以方言語彙或語法不同於國語之處，表示異於「中國」。其實這是很可笑的，中國本來就是一個歷史悠久，融合了多種不同族類的複雜民族，許多語彙其實都有共同源頭，如閩南語的「人客」（即「客人」），在寧波話、上海話、浙江黃山話、象山話都如此。（見「中國方志」所錄方言匯編第七篇二六四頁、三〇三頁）。閩南語並不是中華文化之外的產物，何必借用英、日語的符號，故意另造一套書面符號呢？[23]

我們不反對保存並研究方言，也不反對方言自然的影響國語。但對一群心懷特殊政治情結者面對語文的態度，則無法苟同。

3 西洋文化的強勢影響

處於今日的世局，雖然我們懷抱著「地球村一分子」或「天下一家」的理想，與世無爭。卻不能否認西洋文明（特別是美國）對我們的衝擊。美國的「忍者龜」影集暢銷，我們這兒立刻同步響應，忍者龜成了家喻戶曉的「英雄人物」。「末代皇帝」影片在美國賣座，我們的新詞中立刻出現了「末代行業」、「末代XX」等等仿句。甚至我們心目中的「民主政治」也是以美國為藍本。今天的人際關係、家庭關係逐步遠離傳統而向美國看齊。美國社會有吸毒的問題，臺灣社會立刻出現「校園吸食安公子」等新聞，甚而勞動教育部進行大規模驗尿工作。這就難怪我們的媒體必須以中英文夾雜的方式才能精確表情達

---

23 目前有許多人正努力為閩南語「造字」。參見姚榮松：〈閩南語書面語的漢字規範〉，《教學與研究》第十二期，頁77-94。

意了！

　　依筆者淺見，今天在臺灣地區不可能像中共一樣以專制手段推廣語文規範工作，也不可能有任何單位有此魄力。唯有寄望大家建立共識，在「命運共同體」的觀念下，儘量在現有的語文符號中開創新詞，不必仰仗英、日文的字母。從事翻譯工作者，多費點心思，將外來語譯成中國字，最好譯名統一，以免像波斯灣戰爭時，臺灣媒體上出現三個不同的伊拉克總統名字：海珊、哈珊、胡辛，令人不知孰是孰非。而十一月份南非總統來訪，媒體上出現了「狄克勒」及「戴克拉克」兩種譯名，互不相讓。

　　從語文規範的立場來看，臺灣地區八〇年代的語文現象的確值得注意。當時筆者有如下的建議：

1. 學術研究機構，如大專院校國語文研究所，或文字學會等專業單位，應經常就社會上呈現的語文現象提出批評或建議，協助一般人在運用語文時建立共識，庶幾可達成「約定俗成」式的語文規範。

2. 國立編譯館等單位應重視外來語的影響，定期修訂整理外來語及各科專業術語[24]。

3. 培養新聞專業人才的新聞科系所及大眾傳播科系，應加強對學生的語文訓練，以免日後下筆亂造新字、新詞。

4. 字體及詞彙的整理應由語文界專家與資訊界合作，利用電腦科技儲存整理詞彙、製造各型字體並加以推廣，庶幾可達成規範效果[25]。

---

24 國立編譯館曾編印不少專業術語名詞譯名表（如數學、天文學、氣象學、原子能，……約50種），但資料頗陳舊，有些是民國四十幾年編的，最新的是民國七十七年，應該逐年更新。目前國立編譯館已併入「國家教育研究院」。

25 據民國八十年十一月十五日新聞報導，教育部已擬定規範字體之計畫，與電腦界合

5. 教育部應設立專責部門，對各媒體的翻譯名詞加以統一，改善目前媒體各行其是的亂象。對中文的標點符號及直排、橫排等陳年「老」問題，明確訂出規範。對廣告招牌、公共媒體上的字體、遣詞用字應有專責審理機構，可參酌德國的作法。

6. 方言發展的方向宜釐清，不必故意另造新字，使文字系統混亂[26]。國語與方言是可以並存的，不是互相對立仇視的！

筆者最後提出的呼籲是：「最重要的還是希望大家能共同尊重語文的溝通功能及優良傳統，共同維護中文的純淨、優美！」

後記

時至今日，許多當時的新詞已成為今日通行的常用詞，許多當時認為怪異的現象已成常態。非常令人感慨！近年因為受西洋語法影響，又出現「做一個××動作」這樣的怪異句型，如「打掃」，成了「做一個打掃的動作」。有些年輕人甚至在動詞後直接加上英文的「-ing」，表示「正在」進行某動作，有些媒體也推波助瀾。網路時代為求快速，甚至出現許多根本不是文字的符號。筆者的呼籲仍是「請大家共同維護中文的純淨、優美！」

作。關於漢字整理工作，臺大黃沛榮教授於民國八十年文字學會議中所提的「漢字的整合與整理」論文有精闢的論述，值得有關單位參考。

26 筆者認為借現有的符號系統另創新字作法不智。因為中文早就在秦始皇時代已是「書同文」了，今天勉強用國語中與閩南語音近或諧似的字作為符號，徒然淆亂文字系統。事實上，必須精通國語及閩南語的「雙聲帶」才看得懂，只會國語的人根本不知所云，只會臺語的人也無法與人溝通，例如「大俗賣」，必須以國語發音，再體會其相近的臺語音義，才了解指的是「大拍賣」、「便宜賣」，這樣的「書面語」通行範圍之狹是可想而知了！語文本是溝通情意、思想的工具，只限於一小撮人欣賞，其壽命是有限的。例如「白蒼蒼」寫成「白蔥蔥」，沒什麼意義。「都」寫成「攏」，「事情」寫成「代誌」，徒然淆惑耳目而已。

第五章
臺灣中學國語文教材的歷史回顧

一　前言

　　從歷史發展的角度來看，不論是文化傳承、政治力量、社會主流形態等，臺灣都是中國[1]的一部分。臺灣從三國時期，即見諸史料記載，明清時期以來，又不斷有大陸移民渡海來此墾殖，篳路藍縷，以啟山林，所以臺灣與大陸同屬中華民族的一份子，有其歷史因素。不過，臺灣雖於清代光緒十一年（1885）正式建省，首任巡撫劉銘傳亦致力建設，但因從一八九五至一九四五年約半世紀是日本的殖民地，一九四九年迄今又與大陸分屬於不同政權，所以今天有其特殊的情形。

　　由於臺灣近年來政治社會變化急遽，要描述臺灣地區中學的國語文教材發展概況，誠非易事。主要原因是一九八八年蔣經國總統去世，具有日本血統的李登輝總統繼位執政，李氏雖身兼國民黨主席，但卻成功的使國民黨內部產生分化，形成「主流派」與「非主流派」，黨內部分菁英先後另組「新黨」與「親民黨」，以致「民進黨」得收漁翁之利，二〇〇〇年總統大選獲勝。成為執政黨後，民進黨極力推動臺獨，藉落實推動教育改革的名義，改變國民的歷史觀念，強調臺灣主體意識，國民教育淪為發展其政治意識的工具，國語文教育也在其列。這種現象隨著二〇〇四年總統大選民進黨再度執政，而方興未艾；加上自一九九四年起李遠哲大力推行「教育改革」、改革

1　本文所指的中國是文化中國，可上溯數千年。

「九年一貫」國民教育課程（簡稱「教改」），特別強調某些西方觀念及論述，如兩性平權、國家意識、文化霸權、環境保護等議題，使傳統的國語文教材受到很大的衝擊，例如一些表現「民族精神」、「忠孝節義」、「復興中華文化」等傳統觀念內涵的教材均遭否定。二〇〇八年，國民黨馬英九重新執政，已無法恢復過去國民黨執政下的教育理念，例如歷史教科書中的「日治時代」改回原來的「日據時代」，僅僅更動一個字，由於涉及意識型態，都遭受強大阻力。近數十年來，國語文教材內容的變化相對於過去四十年的安定，的確是強烈對比。由於變化幅度太廣，筆者的敘述只能說是部分觀察而已！未來二〇一六年以後，一般預期民進黨再度執政，國語文教育的變化可以預期。所以本文以歷史回顧為題，略述個人淺見。

二 臺灣地區中學國語文教育的分期

本文所稱「中學」是指界於「小學」及「大學」之間的學校，可分國中、高中、高職三類。「國中」在一九六八年以前原稱「初中」，目前則和「國小」同屬「國民義務教育」，「高中」則非義務教育，學生必須通過考試才能入學。但自二〇一四年實施十二年國民義務教育以後，則「高中」亦屬非強迫性的義務教育。「國中」屬於教育部「國教司」、「高中」屬於「中教司」管轄，其修業年限均為三年。至於職業教育，在一九六〇年代，非常受到重視，由於政府為了加強工業發展，培植農工商科技人才，所以商業、工業、農業、水產、家事、海事等職業學校相繼成立，且有初職、高職之分，但九年國教實施後，初職廢除，目前僅剩高職，一九九四年推動教改之後，已經沒落不振，且學生畢業後均以升學為主，並不願投身職場。目前高職仍和高中並列，故亦列入本文，一併敘述。

　　由於中華民國名義上的領土範圍包含大陸地區及臺灣地區，而實際管轄為臺灣地區，故本文敘述以事實為主。

　　茲以關係臺灣地區中學國語文教育方面較重大發展的歷史事件，加以分期，以利勾勒全貌：

　　1. 1862-1895　清末新制教育時期

　　2. 1895-1945　日據時期

　　3. 1945-1968　臺灣光復至國民政府遷臺初期

　　4. 1968-1994　九年國民義務教育實施時期

　　5. 1994-2000　推動教育改革時期

　　6. 2000-2007　民進黨執政時期

　　7. 2008-迄今　推動及2014年實施十二年國民義務教育時期

三　影響臺灣地區國語文教材的兩大主軸

　　回顧臺灣地區中學國語文教材的歷史，受兩股力量影響。一是日本殖民統治，一是中國新制教育及中華民國統治的影響。前者因為統治時間較短、臺灣居民仍以漢人為主等因素，其影響力雖不如後者之深，然而由於日本在殖民統治臺灣期間，推行「皇民化教育」，造成臺灣即使時至今日，仍有某些知識份子複雜矛盾的認同問題，所以仍有相當的影響力。

　　日據時期留下許多有特色的建築，成了今日臺灣努力保存的「文化古蹟」，這很容易混淆某些臺灣民眾的國家、民族情感認同；而且在文化傳承及語文使用上產生異化現象，如日本的教育方式及其語文教材內容，對臺灣人「皇民化家庭」頗有影響。臺灣光復後，學生穿著制服樣式、學校對學生服裝儀容的要求、甚至國小教科書的封面、編排方式及內容、插畫等，都沿用日據時代教科書！不少日常語言使

用的詞彙，如「飯盒」稱為「便當」，洗溫泉浴稱為「泡湯」之類，都沿用至今。

但從歷史縱向來看，其實臺灣受中國新制教育的影響更深刻，可說是直系傳承中國傳統，例如：明清時期，甚至更早如宋代[2]，臺灣的私塾教育和中國其他地方並無二致，即使日據時代仍存在於民間，因此日據時期曾下令嚴禁漢文教育。一九四九年國民政府播遷臺灣以來，許多典章制度迄今依然保存在臺灣，臺灣可說是保存傳統及現代中國文化相當完整的一塊土地，例如：臺灣迄今仍使用傳統正體字書寫；國文教材中一直保有書法教育的訓練，直到一九八〇年代，中學生的作文尚須以毛筆書寫習作，有些中學還要求國文科月考也要用毛筆書寫；國小學童借助民國初年所創的「注音符號」學習國字書寫及國語發音，能迅速且正確的掌握漢字特色，使臺灣的「國語教育」推行極為成功；臺灣的高中生必須讀以《論語》、《孟子》為主的《中國文化基本教材》；臺灣的國民義務教育則可溯源自清末以來，中國學習西方新制教育的影響，尤其高達百分之九十九以上的學童就學率，不但使臺灣得以實現新制教育的理想，也有助於促使臺灣成為中國最早落實民主政治的地方。在臺灣主掌教科書編輯印行約五十年的「國立編譯館」（現已併入「國家教育研究院」），不論制度或人事，完全是由大陸直接遷移而來，該館曾於一九九二年擴大慶祝六十周年館慶，出版《建館60周年紀念文集》，可見該館溯源其歷史始於民國二十一年。至於在臺灣推行國語卓有成效的「臺灣省國語推行委員會」，就是一九四五年十一月臺灣省行政長官公署從當時中華民國的陪都重慶約請「教育部國語推行委員會」委員魏建功（原任北京大學教授）、何容兩位教授來臺籌組而成，於一九四六年四月正式成立。

2　例如金門的浯江書院乃受宋代朱熹講學影響。

所以，臺灣是中華民國語文教育的嫡系傳承者，不容否認。

而教科書的使用，也有直接傳承的關係。例如國立臺灣師範大學國文系黃錦鋐教授研究我國早期教科書的分期，他說[3]：

> 教科書的發展，先從小學逐漸到高中，從光緒三十一年商務印書館編纂的《最新國文教科書》開始，到民國二十一年北平文化學社印行的《高中國文》為止，這期間可稱為教科書的創始期。民國十六年，國民政府奠都南京，有感於教育制度的重要性，著手擬訂課程標準，於十八年頒佈中小學課程標準，訂名為暫行中小學課程標準。試驗三年後，於民國二十一年又再修訂，取消暫行二字，在是年十月正式公佈，於次年正式實施。於是各書局又開始編印教科書，以適應新課程標準的規定。最早出版高中國文教科書的書局，仍是商務印書館，以後中華書局、世界書局、正中書局、開明書局相繼於民國二十二年編印。但這次出版書局雖然很多，不像創始時期競爭的激烈，而且高中、初中教科書，明白劃分，也不像以前雖然名為小學教科書，而沿用到中學，這大概是因為課程標準有具體的劃分與規定，而政府體制逐漸穩定，政治已慢慢上軌道的緣故。這時期的高中國文教科書，一直沿用到政府遷都臺灣，教育部統編國文教科書為止。

可見臺灣光復初期，直接傳承、使用來自大陸的教科書。所以，本文的歷史敘述溯源至清末時期新制教育，因為當時編寫教材的觀念及內容，影響迄今。

3　參見〈高中國文教科書的過去現在與未來〉，《人文社會學科教學通訊》十一卷三期，頁9。

　　當然，這兩股力量是相互矛盾的。尤其在今天，臺灣曾由主張臺獨的民進黨執政，他們以「去中國化」為其施政目標，使中學的國語文教材產生很大的變化，未來影響如何尚待觀察，但可以預測的是：一代年輕人必然受其影響，二〇一四年的九合一選舉，民進黨大勝，已可略窺一斑。

四　中學國語文教材以教科書為主

　　廣義的說，中學的國語文教材可包含教科書、電影、錄影帶、錄音帶、DVD、光碟、網路傳媒、報紙等，但狹義而言，則指教科書。本文採取的定義是後者，所以國語文教材的歷史即專指國文科教科書的歷史。

　　大體而言，臺灣中學的教科書和政治關係極密切。因為從中國邁向新制教育開始，不管任何政權統治臺灣，都會介入教科書的編選，甚而以教科書作為宣導國策的工具。曾擔任國文教科書主編、任教於臺師大及政大多年的高明教授在其〈關於標準教科書初中國文的編纂〉一文云：

> 編纂國中教科書，卻要顧到國家的政策、課程標準、教師的能力、學生的程度、教學的效果，以及各方面的意見，層層的束縛，會束縛得編者動輒得咎，輕也不是、重也不是，哭也不得、笑也不得。要編出一部國文教科書，真能做到放諸四海而皆準，俟諸百世而不易，使得人人首肯，個個滿意，我相信在這世界上還不會出現這奇蹟。

　　教科書在國語文教育方面是極重要的工具：一方面是語文教師教

學時必須倚賴其為教材主要來源；一方面又隨著時代變遷而與時俱進，時常處於改變、修訂的狀態，且易受政治干預。

　　在日據時代，日本人以奴化教育控制臺灣人民，其教科書當然受政治影響，當時所謂的「國語」即「日語」，自不待言。一九四五年，臺灣光復後，主權歸還中華民國，亦復如此。由於國共內戰，一九四九年以後，臺灣成了中華民國唯一的領土，在中學國語文教育方面，一面極力清除「皇民化教育」的勢力，推行中華文化；一面以「反共抗俄」為國策，「反共」既為教育政策的主軸，國語文教科書的編寫自然加以配合，一九五二年修訂「中學課程標準」，特別在國文科加入反攻復國的教材。政黨輪替，政治力量依然不減!由於民進黨臺獨思想高漲，非常強調「本土化」，語文教育內容以多元化、國際化為主流，除國語之外，非常強調方言教學（亦稱「母語教學」），且同時又強調外語學習（以英語為主，亦包含日語、德語、法語等），國小學生即開始學英語，以致於壓縮了國語文教學的空間。

五　中學國語文教科書編審制度的沿革

　　中國新制教育的開始，可溯源自清穆宗同治元年（1862），總理衙門奏設同文館於北京，挑選滿族八旗學生入館學習，當時的觀念是「師夷長技」，欲積極引入西學。光緒二年（1876），基督徒舉行傳教士大會，有人認為西學各科教材缺乏適用書籍，於是議決組織「學堂教科書委員會」，編印算學、泰西歷史、地理、宗教、倫理等科教科書，以供教會學校使用，也有部分贈送給各傳教區的私塾。所以，所謂「教科書」是指「教」材分「科」的意思，且源自基督教徒的分科學習觀念。從此，「教科書」的名稱不但流行於中國，國人也開始模仿教會有計畫的編印教科書。最早是一八九七年上海南洋公學所編的

《蒙學讀本》三冊。當時編印教科書的單位甚多，如：公有機關、私人、學術團體、報社、書局等，紛紛發行新式教科書。

光緒三十一年（1905），設立學部為全國教育行政機關。次年，學部設立「圖書局」，編譯教科書，同時以部編教科書未竣事以前，取各家著述先行審定，以備各學堂之用，公佈「審定中學暫用書目表」。但日後中小學教科書採用審定制，則肇因於光緒三十三年春季，學部頒佈初小國文教科書第一冊並不合用所致。中華民國成立後，設教育部，教科書仍採用審定制。

教科書編審大略可分下列階段：

1 光緒31年至對日抗戰前（1905-1938）──審定制為主

一九三二年，國立編譯館成立，教育部正式公佈《幼稚園暨中小學課程標準》，並令國立編譯館依正式標準審查，所有前此送審之教科書未審竣者，發還各書局重編後，再送審。

2 對日抗戰至國民政府遷臺（1937-1949）──統編制為主

一九三七年七七對日抗戰爆發，教科書供不應求，翌年教育部在漢口成立「教科用書編輯委員會」，編輯中小學「國定本教科書」，一九四二年該委員會並于國立編譯館，改設為教科用書組，並與商務、中華、正中、世界、大東、開明、交通等七家書局合組聯合供應處，負責印刷發行。抗戰勝利後，國定本加以修正，刪去抗戰教材，增加建國教材，稱為「標準本教科書」。這種對教材標準化的觀念，後來在臺灣沿用了五十年。一九四六年，教育部公佈「印行國定本教科書暫行辦法施行細則」，由政府編輯、書局印行，稱為「公編私印」，書局承印、行銷均必須經過審核許可。

3　日據時期（1895-1945）──統編制

　　日據時期，日人對臺灣的統治以奴化教育為主。當時的初等教育分小學校、公學校，小學校創始於清光緒二十六年（明治三十年，1897），招收日人及臺灣人能說日語者（僅占5%左右），修業年限與日本本國相同，教科書內容亦與日本完全一樣，採用統編本。公學校於次年（1898）成立，則招收臺灣人，修業年限分六年、四年、三年三種，教科書採用總督府所編輯者，內容強調日本國軍國主義的一貫思想教育。一九四一年，臺灣總督府公佈〈國民學校令〉，將小學校及公學校一律改為國民學校，課程分第一號表、第二號表、第三號表三種。從當時極受重視的「修身課」教材內容來看，其目的不是在培養真正的日本人，而是在塑造服從的、勤勉的日本臣民、次等的日本人。一九〇一年第48號臺灣週報中〈臺灣人教育方針〉露骨的表達了這意圖：

> 臺灣人之教育方針，不在教導高尚的理論，深遠的學理，細密的數學或優美的文學，最重要的是在注入平易簡單而且實際之農、工、商業有關知識。絕不可製造法律、政治的論客，不必製造數學、文學博士，只要教導成順從的農民、勤勉的工人、機敏的商人即可。……將臺灣人視為有生命的機械，驅使其天賦的利己之心，使其熱衷於殖產興業，我們則握其機軸，操運動、生殺、與奪之權。……教科書、教學法、教學設備等都要依據這個方針。[4]

4　見歐用生：《教科書之旅》（中華民國教材研究發展學會，2003年）。

從一九三七年日本發動蘆溝橋事變，臺灣公學校使用府定「第四期新版國語（即日語）」教科書、及一九四二年府定第五期教科書的內容來看，除了強化皇國意識，教材中大量收入中日戰爭及太平洋戰爭的戰況，使得教科書成為宣導政策、報導戰況的文宣集。有關「臺灣事物」的內容在「第四期新版國語教科書」中只占了百分之八點二，而第五期則又減至百分之三點七，如此忽略臺灣本土教材，當然絕非某些親日學者所謂的「日本人亦重視臺灣本土文化」。

4 臺灣光復至九年國教實施（1945-1968）──統編制、審定制並行

臺灣光復初期，百廢待舉，教育需從根本開始，現有教科書均不適用。所以一九四五年九月二十二日，臺灣省行政長官公署教育處（後改為教育廳）擬定「臺灣省中小學教材編印計畫」，十一月十日成立「臺灣省中等國民學校教材編輯委員會」，負責中小學教材、教師用書之編輯及印行。當時各科教材分編印、翻譯（日翻中）、翻印（國定本適用臺灣者）、選用（審定本商請原出版者局運臺銷售）四類。

一九四九年十月，中華民國中央政府遷臺，主管教科書業務的國立編譯館亦隨之遷臺。一九五二年，教育部修訂公佈「中學課程標準」，當時設「中學標準教科書國文科編輯委員會」，並將教材定名為「高級中學標準教科書」、「初級中學標準教科書」，一九五三年發行。這套統編標準本對臺灣日後的國語文教材影響甚鉅。當時政府甫由大陸撤退來臺，一切行政措施都以提高民族精神、宣揚國家政策為主，所以高中國文科教科書的〈編輯大意〉強調「本書編述，以養成學生閱讀寫作能力為主要任務，以激發民族意識，加強愛國思想為最大目標」。初中國文第一冊的〈本冊提要〉即明白地說

> 我們今日肩負反共抗俄、雪恥復國的重任，政治設施應以促進
> 總動員運動──力謀經濟、社會、文化、政治的改造──為主；人
> 民必須理解「自由」、「民主」的真諦，官吏必須以順從人性，
> 適應人性為施政的原則。⋯⋯我們承繼鄭成功的臺灣精神，不
> 甘做異族的奴隸，要爭取中國的復興，讀到岳飛的歌詞，看到
> 田單的事蹟，能夠不興感而泣、投筆以起嗎？

　　六冊都有一篇類似這樣慷慨激昂的文字。一九五四年，國立編譯
館編印中等學校各科標準教科書，由國立編譯館編輯國文、歷史、地
理、公民四科的教科書，其餘各科的教材仍採用審定制。一九六二
年，教育部公佈《國民學校及中學課程標準》，仍維持原編印規定，
同年公佈〈中等及國民學校教科圖書標本儀器審查規則〉，成為審查
教科書的依據。

5 九年國教實施至民國七十八年（1968-1989）──**統編制**

　　一九六七年，蔣中正在總統府國父紀念月會提出「加速推行九年
義務教育計畫」，不久在中國國民黨中央常會提示，五十七學年度
起，務須實施九年國民義務教育。一九六八年頒佈〈革新教育注意事
項〉，對教材明確指示：「今日我國各級學校，不論小學、初中、高中
之課程、教材與教法，希根據倫理、民主、科學之精神，重新整理，
統一編印。」教育部遂依《國民中學暫行課程標準》，由國立編譯館
統編教材。當年九月九日，舉行全國國民中學開學典禮，蔣中正親自
主持，說：「政府不計財政困難，將國民教育自六年制延為九年
制⋯⋯，務使德、智、體、群，均衡發展，身心手腦，皆臻健全，陶
鑄成活活潑潑的好學生，堂堂正正的好國民。」當時臺灣國民所得年
僅二百五十元美金，貿易逆差高達一億六千萬美元，政府毅然實施九

年義務教育，足見對國民教育的重視。九年國教的實施，提升人力素質，對臺灣經濟起飛，締造經濟奇蹟，貢獻甚大。一九七一年，教育部頒佈修正〈高級中學國文課程標準〉，高中國文教科書亦作大幅度更動，以因應九年國教的實施，當時程發軔先生擔任主任委員，委員增為二十四人，周何教授負責編輯。其編輯目標略有更改，增加「提高學生閱讀寫作能力」、「奠定其未來從事高深學問之研究，或直接服務社會之適當基礎」，其編輯體例，亦曾稍加修改。但一九七三年這套重編本高中國文教科書就重新修訂了，因為所選部分文章的內容是和大陸的「批孔揚秦」遙相呼應的。繼任的主任委員改為何容先生，修訂者有邱燮友、何蟠飛、高一萍、葉慶炳、羅聯添等當時師大、臺大的著名教授。一九八三年，為配合高級中學法，教育部公佈修訂〈高中國文課程標準〉，並新編高中國文教材，以「語文訓練、精神陶冶、文藝欣賞」為國文教學目標。此外，教育部於一九七二年起，委請位於板橋的臺灣省國民學校教師研習會，進行教材之實驗研究工作，影響後來中小學課程標準之修訂，並奠定日後課程教材由實驗、試用、再全面推廣之模式，又稱「板橋模式」。一九八三年修訂公佈的《國民中學課程標準》，即依此程式進行。

6 李登輝主政至推行國民中小學九年一貫課程（1988-2000），從開放審定至全面審定制

這個階段臺灣的政治、社會經歷許多變化，從一九七九年高雄的「美麗島事件」、一九八六年民主進步黨（簡稱民進黨）創黨，到一九八七年蔣經國總統宣佈解除戒嚴令、一九八八年頒令解除黨禁與報禁、開放臺灣人民赴大陸探親，這年一月十三日蔣經國總統病逝，李登輝副總統繼任。上述這些變化也影響了教育界，要求教科書改革開放之聲四起。例如，一九八八年鄒族青年抗議教科書中的吳鳳故事為

「神話」，國立編譯館即刪除教科書中的吳鳳故事，翌年，臺灣省政府主席就宣佈「吳鳳鄉」改為「阿里山鄉」。更重要的是，教育部宣佈自一九八九年起，中學教科書採用審定制，開放國中藝能、活動科目教科書，一九九〇年再開放國中選修科目。一九九四年，社會各界矚目是否開放教科書為審定本，成為一時熱門的議題。當年，教育部修正公佈國民中學課程標準，預訂自一九九八年起逐年全面實施。

　　高中方面，一九九五年，教育部為配合國中小課程標準修訂及因應社會變遷，修正公佈高級中學課程標準，並預訂自一九九九年起逐年全面實施。高中教科書自一九九九年起逐年開放為審定本，國中則因高中入學考試制度仍在，凡與高中入學考試有關科目的教科書，仍維持由國立編譯館統編，其餘科目改為審定本。

　　一九九七年，教育部成立「國民中小學課程發展專案小組」，啟動九年一貫課程規畫機制，同時宣示中小學教科書制度將走上完全開放民間編輯送審的方式，從此統編本與部編本都走入歷史，開始各版本教科書群起競爭的局面。參與國文教材審定本的出版社，高中有翰林、東大、南一、龍騰、康熙、正中、建弘等家；高職有東大、三民、翰林、龍騰、慶堂、廣興、泰宇、建弘、廣懋、美新等家；國中有南一、翰林、康軒、大同信息、光復等家。

7 民進黨執政（2000-2008）──審定制

　　二〇〇〇年，民進黨的陳水扁以不到四成的選票，就任中華民國第十任總統，二〇〇四年又以極小的差數而連任。該黨的政治理念是推動臺獨，致使九年一貫教育改革也加入了意識型態之爭，例如教育部於二〇〇二年召開「國民中小學課程修訂審議委員會」，主要是修訂語文及社會有關鄉土內容之部分綱要，會議結論是重視臺灣主體性及特殊性，認為大學已開設「臺灣文學系或研究所」，社會對「臺灣

文學」已有一定共識，所以主張將「鄉土文學」改為「臺灣文學」，將「臺灣文化」地位提升和「中華文化」並列。並非中華文化的一部分！所以，教育部於翌年公佈的《九年一貫正式課程綱要》中，就將「鄉土文學」改為「臺灣文學」，教科書於二〇〇四年全面改版。本來，教育部積極推動九年一貫課程，以「課程綱要」替代「課程標準」，表示要降低對課程實施的規範與限制，表面上是提供民間教科書編輯者及學校較大的自主性，以具體實踐課程鬆綁的教改主張。實際上是大量加入臺獨的意識型態！所以表面立意雖佳，但實施以來，理想難以落實，弊端叢生。政治大學周祝瑛教授即以一九八七至二〇〇三年為期，出版《誰捉弄了臺灣教改？》一書，對九年一貫課程、多元入學、建構式數學、自學方案等教育改革爭議問題加以分析，提出「回歸教育本質」的建議。但教育本來就和政治密不可分，何況民進黨是意識型態強烈的政黨，此建議不啻緣木求魚。若就九年一貫課程的內涵來說，主要是透過縱向統整的九年一貫和橫向統整的十大學習領域，再融入新興的六大課程議題，以培養國民的十項基本能力，其精神及特色包括：彈性多元、學校本位、課程統整、空白課程、能力取向、績效責任等，這些理想欲透過教科書來實現，的確問題重重，至少「一綱多本」如何使教材前後銜接，就是一大問題。當時審定版國中國文教科書共有八個版本，較多學校採用的有南一版、翰林版、康軒版、光復版等四家。高中國文教科書市場佔有率較高的則有龍騰版、南一版、翰林版、三民版等版本。高職的教科書一直採用審定制，內容則與高中大同小異，較多採用的是三民版。由於中學國文科教科書的市場一年至少有上百億的利益，加上與其相關的學生參考書市場則高達六百億以上，勢必引發相關書商間的爭奪戰，這和九年義務教育時期教科書免費供應形成強烈對比，所以又有人呼籲讓「統編本」、「部編本」加入市場競爭，以減少亂象。二〇〇三年，教育部

發表政策說帖，表示：「部編本和民編本並行制」除了具有全面開放的優點外，還具有部編本教科書可以平衡市場運作機制的獨特優點，認為它是「現階段最佳的選擇」。甚至教育部本身也在邀請專家研議「十二年國教」的可行性，以求解決困境。

　　二○○四年，教育部公佈〈普通高級中學課程暫行綱要總綱〉，及〈普通高級中學國文課程綱要〉，預計於二○○六年實施。本綱要特別引人注意之處是：將每週國文授課時數減為四小時；語體文及文言文比例也加以調整，大幅增加語體文篇數，縮減文言文篇數總數為四十篇。當時課程語體文、文言文比例：高一，百分之四五比百分之五五、高二，百分之三五比百分之六五、高三，百分之二五比百分之七五，修訂後之比例：高一，百分之六十比百分之四十、高二，百分之五五比百分之四五、高三，百分之五十比百分之五十。以致引發許多高中國文教師不滿，成立「搶救國文大聯盟」，並請余光中等知名教授參與。〈教學目標〉第三條則由現行的「研讀中國文化基本教材，培養倫理道德之觀念，愛國淑世之精神」，改為「研讀文化經典教材，培養社會倫理之意識及淑世愛人之精神」，這種文字上的變動，是有深刻政治意涵的。

六　臺灣地區中學國語文教材的編選及內容概述

　　大體而言，在臺灣的中學國語文教科書編選過程是相當嚴謹的，不但必須完全依照《中學課程標準》或《中學課程綱要》，而且要完全配合國策。統編本時期，對上課時數、文言文及白話文的比例、作業篇數等都有嚴格規定，而審定本時期，依舊如此，只是時間減縮而已。以一九九五年修訂的課程標準來說，當時已開放審定本，但國文仍是統編本，所以是很好的例子。在時間分配方面，國中三年六個學

期，每學期每週教學節數均為五節，每節四十五分鐘。每週教學時間分配，範文教學七節，計三一五分鐘。作文、書法和課外閱讀，每週三節，共計一三五分鐘。高中每週授課五節，每節五十分鐘，範文教學占每週總時數五分之三，每週三節，作文則占五分之一，每二週兩節，另外有「中國文化基本教材」，占五分之一，每週一節。書法和課外閱讀，則視需要隨機指導。

至於教材綱要部分，國中教材，內容分兩類，一是正課，一是選修課。正課包括範文、語文常識、作文、語言訓練、課外閱讀和書法。選修課包括散文、詩、詞、曲、小說、應用文。至於高中教材，內容也分兩類，正課及選修課。正課包括範文、中國文化基本教材、課外閱讀、書法等，而選修課包括應用文、文法與修辭、書法、國學概要等。

中學國文教師授課時，自我發揮的空間並不大，由於教材均已限定，且必須在有限時間內教完，同時還有升學考試的壓力，不論是統編本或審定本，國文教科書的內容勢必受到升學考試的影響，因此造成「考試領導教學」的現象。國文教師授課時，均以正課為主，選課為輔。例如國中正課以「範文」為主，「語文常識」、「課外閱讀」為輔。高中正課以「範文」和「中國文化基本教材」為主。選修課第一、二年開「書法」和「文法與修辭」，第三年開「應用文」和「國學概要」。

「範文」一直是語文教材的核心，大致以記敘、論說、抒情、應用四大類文體為主，篇數方面，國中三年八十六篇，高中三年八十三篇。「中國文化基本教材」必須特別加以說明，其源起是蔣中正總統認為國共鬥爭，國民黨失敗的主因是思想教育不足，大陸當時有「三反」、「五反」、「大躍進」等政治運動，乃於一九六二年發表一篇〈整理文化遺產與改進民族習性〉的訓詞，從此，中學國文教材中，就以

《論語》、《孟子》中的選篇，合為《中國文化基本教材》。它與高中「範文」並列，在高中一、二年級講授。一九八三年陳立夫先生以其所著的《四書道貫》取而代之，一九八七年臺師大傅武光教授撰文批評，一九八八年乃恢復原狀，沿用迄今。但在二○○六年以後，這個教材將「中國文化基本」六字，改為「文化經典」。國民黨重新執政後，又恢復為《中國文化基本教材》。

　　綜觀二○○○年以後的國語文教材，所謂「改革」之處，主要就是意識型態下的產物，所以各審定本選文重點往往以增加收錄臺灣籍作家、臺灣文學作品為要務。有趣的是，如何界定作家身份？以出生地、成長地或現居地為準？以血緣為準?若父、母來自不同省籍、甚而不同族群呢？（如蔣勳之母是滿族正白旗、清朝貴族，他該算那一族?）此外，又該如何界定「臺灣文學」呢？例如：琦君、張秀亞、余光中、韓韓、蔣勳、白先勇這些「外省人」，算是臺灣作家嗎？而鍾理和、洪醒夫、向陽這些「本省人」，有的作品充滿抗日精神、有的寫過許多具有大中國意識的作品、有的本身政治立場有極端變化，又該怎樣界定呢？有人只好擴大所謂「臺灣人」的定義，宣揚「大臺灣」意識，認為「臺灣人包含荷蘭、西班牙、日本、中國……等人種及文化」。有篇以此觀點立論的《國中國文教科書中臺灣文學作品之編選及詮釋研究》碩士論文，就陷入如此無法自圓其說的困境了。此外，近年來臺灣在強調本土化的要求下，中學國文教材難免犧牲了文學的優美。有些選本收入具有原住民身份的作家作品，略舉南一版國一教科書收錄排灣族人亞榮隆‧撒可努（漢名戴志強）的〈飛鼠大學〉一文的語句為例：「這只飛鼠天天都有上課，可能國小有畢業。」「文從字順」該是國語文教材範本的最基本要求，如此不通順的文字實在不宜作為教科書「範文」。

　　在臺灣，中學國語文教材的主要規模其實自國立編譯館於一九五

三年所編的「中學標準教科書」就已然確立了。以後的修訂只是選文內容的抽換而已。試以當時初中國文教科書〈編輯大意〉來看，如：

本書內分「範文選讀」和「語文常識」兩部分。前者，選輯古今優美文字，作為模範，使學生誦讀、玩味、比較、模仿，藉收潛移默化的功效。後者，敘述有關語文的各種常識，使學生對語言、文字的運用，研讀的能力，興趣和習慣的培養，能得到明確的提示。

範文選讀採用單元編制法，將內容可以聯絡的許多文章，合為一單元；要使學生從聯想比較中，增進其研讀的興趣。每一學年，又合許多單元為一大單元；第一學年第一、二兩冊，以品德的修養為一大單元；第二學年第三、四兩冊，以生活的教育為一大單元；第三學年第五、六兩冊，以社會的體認為一大單元；而這三大單元，又以「發揚革命精神、喚醒民族靈魂」為主旨，融貫其間，成為一總單元。每一單元的範文，皆分「精讀」和「閱讀」兩種。……精讀的範文多選短篇，每冊以十篇為度。為增加閱讀興趣，提高閱讀能力，閱讀的範圍間采長篇；根據實際教學的週數，每冊分別選輯十至十二篇。至於語體文和文言文的比例，記敘文、論說文、抒情文和應用文的比例，皆依「課程標準」的規定。

每篇範文後，皆附有下列各項，以供教學時參考：題解、作者、注釋、文話、習題。「語文常識」分述於範文各單元後，包括下列各項：工具書用法、寫作常規、文字學淺說、文法、文章作法、應用文、說話技巧。……「語文常識」每篇後，皆附有習題，藉以考驗學生理解的程度及運用的能力。教學本書時，其它課內外作業，如記錄、聽寫、筆記、作文及書法練習

等，均須與「範文選讀」、「語文常識」的教學進度，儘量求其
配合，方能計日程功，收到實效。

高中國文教科書的〈編輯大意〉，則明言：

> 本書編述，以養成學生閱讀寫作能力為主要任務，以激發民族
> 意識，加強愛國思想為最大目標。本此宗旨，所選教材，務求
> 精粹優美，文質並茂，俾學者於從容涵泳之中，收默化潛移之
> 效。本書選材，為配合國策，加強民族精神教育起見；對於有
> 關民族正氣、民族道德、民族文化之篇章，採錄特多。

從這些資料來看，除去政治意識型態外，其中的觀念對後來教科
書編寫甚有影響，而有一部分觀念則演化成後來的教師手冊的主要內
容，甚至於是編印審定本的書商撰寫專供學生使用的參考書架構。

七　結語

世界上任何國家的本國語文在中學教育裡都是最重要的部分，國
文科在臺灣地區的中學課程裡，一向是主科，佔有重要地位，目前即
使教學時間受到壓縮，它的重要性仍然受到社會的重視與評論。臺師
大國文系黃錦鋐教授就認為：「在中學各學科的教材中，被人提出討
論最多的是國文教材，這大概是國文為中學基礎學科，同時也有關本
國的文化，因此大家特別重視。改進與改革的聲浪，從未停止過。」
因為他曾擔任教科書的編輯工作，所以能指出編寫教科書的困難。他
甚至說：「在這百年之間，各界對於國文教科書，無論是發行，或是
對內容的意見，幾乎是爭議不斷。」

　　從宏觀角度來看，中學國語文教科書的爭議主題似乎沒什麼太大的改變。其一是文言、白話之爭，臺灣現在稱為文言、語體之爭；其二是文體之爭，如散文、詩歌、記敘文、抒情文、說明文……等的比例，以及該選那位作家的那一篇作品；其三則就是授課時數問題，常見教育部以「減輕學生學習負擔」為由，而減少國文科每週的上課時數。以現在臺灣的高中國文為例，已減至每週四小時。其實，這些問題在民國初年，就已爭議不休了。至於教科書的編撰內容依據的是〈國文課程標準〉，我們看國中、高中歷次修訂的「課程標準」，無論是教學目標、教材大綱，幾乎不離開語文訓練、精神陶冶、認識文化、文藝欣賞等，選擇篇目則隨每次的修訂略有更動而已。大體而言，國語文教材承載的主要是傳統文化及當代政治理念兩大要目，似乎迄今未變。

　　儘管從歷史發展及現況來看，臺灣地區中學國語文教材過度受到政治力的影響，不過，目前臺灣的中學語文教材朝向多元、開放之途邁進，仍然是值得肯定的，至少這代表社會努力朝向自由、民主的方向發展。而在一個真正自由民主的社會中，每個人的權益都受到尊重，語文教材的內容自然也可保持某種均衡，兼容並蓄，不致流於偏頗，這正是中華文化一向具備的特色。畢竟，語文教育的主要目的是為了達到人際間思想交流、情意溝通的理想，而語文教材傳承保留的應是中華文化中優美而具有普世價值的作品。

參考文獻

一　專書

丁致聘編　《中國近七十年來教育紀事》　臺北市　商務印書館　1935年

王明通　《中學國文教學法研究》　臺北市　五南圖書出版公司　1989年

王更生　《國文教學面面觀》　臺北市　五南圖書公司　2001年

中華民國課程與教學學會主編　《教科書之選擇與評鑒》　高雄市　高雄復文書局　2003年

石計生　《意識型態與臺灣教科書》　臺北市　前衛出版社　1993年

司　琦　《中國國民教育發展史》　臺北市　三民書局　1981年

安　然　《臺灣民眾抗日史》　北京市　海峽學術出版社　2005年

李園會　《日據時期臺灣師範教育制度》　臺北市　南天書局　1997年

林　玲　《國文教學心路》　萬卷樓圖書公司　2005年

黃秀政、張勝彥、吳文星　《臺灣史》　臺北市　五南圖書出版公司　2002年

國立編譯館出版　《中小學教科用書編輯制度研究》　臺北市　正中書局　1988年

國立編譯館　《國民小學及國民中學教科圖書審定辦法及相關規範彙編》　臺北市　2001年

葉石濤　《臺灣文學史綱》　臺北市　文學界雜誌社　1987年

歐用生　《教科書之旅》　臺北市　中華民國教材研究發展學會　2003年

《教育法規》　學林版　1999年

二 期刊論文

王更生 〈現行高級中學國文教科書編輯經過紀要〉 《人文及社會學科教學通訊》 3卷3期 1992年

王更生 〈臺灣國文教學法研究概述〉 《人文及社會學科教學通訊》 7卷3期 1996年

王更生 〈臺灣中等學校國文教材編配述要〉 《人文及社會學科教學通訊》 10卷3期 1999年

王更生 〈當前高中國文教學問題芻議〉 《人文及社會學科教學通訊》 11卷3期 2000年

林清江部長 〈國民教育九年一貫課程規劃演示〉文稿 1999年

高 明 〈關於標準教科書初中國文的編纂〉 《中等教育》 6卷2期 1964年

黃錦鋐 〈高中國文教科書的過去現在與未來〉 《人文及社會學科教學通訊》 11卷3期 2000年

黃錦鋐 〈近四十年來我國高中高職國文教材教法的回顧與展望〉 《教育資料集刊》 第15輯 1990年

黃文吉 〈高中古典詩歌教育新趨向〉 《國立編譯館通訊》 13卷2期 2000年

陳正豪 〈談中學現代文學教育〉 《文訊》 140期 1997年

陳惠齡 〈談高中國文現代文學教材的編選〉 《國文天地》 15卷10期 2000年

曾 春 〈九年一貫國中國文教材編選原則〉 《國文天地》 17卷3期 2001年

董金裕 〈如何選用語文領域之本國語文教科書〉 《康軒教育雜誌》 46期 2002年

彭瑞金　〈從「審定本高中國文教科書」與「普通高級中學國文科課程綱要」論國民文學教育〉　《本土教育研討會論文集上冊》　臺北市　臺北市立師範學院　2003年

魏靖峰　〈國中國文教科書調查報告〉　《人文及社會學科教學通訊》　11卷2期　2000年

應鳳凰　〈臺灣文學作為一門學科〉　《文訊》　183期　2001年

三　學位論文

王碧蓮　《國中國文教科書中臺灣文學作品之編選及詮釋研究》　臺北市　國立臺北師範學院臺灣文學研究所碩士論文　2004年

陳玉玟　《教科書市場的多元化假像——以我國國中國文教科書為例》　嘉義縣　南華大學教育社會學研究所碩士論文　2004年

張祝芬　《國中教科書選用制度之研究》　臺北市　國立臺灣師範大學教育研究所碩士論文　1994年

詹美華　《九年一貫課程改革教科書開放主要議題之論述分析》　臺北市　國立臺灣師範大學教育學系碩士論文　2004年

賴宜羽　《新課程國語教科書內容走向之研究》　臺中市　國立臺中師範學院國民教育研究所國小教師在職進修語文教育教學碩士班論文　2003年

藍順德　《九年一貫課程教科書審定政策執行之研究》　臺北市　國立政治大學教育學系博士論文　2002年

蘇玉國　《我國國民中學國文科民族精神教育之研究》　臺北市　國立政治大學中山人文社會科學研究所碩士論文　1999年

四　網站

教育部中教司網站

第六章
師資培育與語文教學

一　前言

　　「教育國之本，師範尤尊崇」，這是國立臺灣師範大學校歌的前兩句，也是師資教育工作者的共同信念。欲彰師道，除了觀念上的「尊師重道」外，師資培育是更重要的工作！尤其從語文教學的角度來看，師資培育主導語文教育的成敗關鍵！

　　臺灣從民國八十三年起實施新制師培制度，廢除師範生公費制度、打破所謂的師範體系一元化，開放公私立各大學成立師培教育中心，師資培育似乎有了新貌。其理念建立在多元培育師資之上，認為增加師資培育管道，更符合民主社會的需求。此外，以「高級中等以下學校及幼兒園教師資格檢定考試」（簡稱「教檢」）做為提升競爭力及師資水準的方式。但實施迄今，已二十餘年，似乎值得全面檢視其成效如何？尤其師資培育的最後一關「教學實習」，值得有關單位正視！

二　從幾個案例談起

案例一：

　　實習老師甲滿懷理想的回到高中母校實習。高中母校是一所頗富聲譽的名校。熟悉的環境、昔日的師長、活潑聰敏的學生，這一切都使實習老師甲對自己未來的實習生涯充滿美好期盼。

　　沒想到，實況並不如他所預期的。他滿懷理想，想要創新教學方式，卻和輔導老師理念不合，學校某些行政措施也令他覺得不公、不滿，尤其暑假實習期間，幾乎只做雜事，使他對自己在學校的角色感到迷惑：「我是高級工友？廉價勞工？」

　　輔導老師是同所大學母校的學長，因成績優異、教學熱忱而被校長指派擔任此工作。輔導老師自認非常體諒實習老師甲，並未要求他什麼，總是給他很大的空間。但覺得他觀念常有偏差，也不夠積極、主動。很多情況下，輔導老師很想直言自己的意見，卻在尊重對方的立場下，隱忍未言。

　　直到某一天，輔導老師見實習老師甲批閱學生週記時所寫的評語欠妥，將其以立可白塗去，實習老師甲愕然，雙方衝突浮上表面。

　　兩位都是受師大薰陶多年，滿懷理想的教育工作者，為何成了立場對立者？究竟出了什麼問題？

案例二：

　　實習教師乙，離開家鄉，留在臺北某名校實習，希望多學習一些教學經驗，增進自己的教學知能。學校教師眾多，甚具規模，果然如其所願，除了一般教學活動，學校也是推動九年一貫的重點學校，常有各種專案計畫，行政工作繁重。

　　實習教師乙，以其任勞任怨的人格持質，及嫻熟電腦軟體、快速的輸入技能、美工方面的專長，盡心盡力的為學校貢獻己力，贏得校方行政人員、輔導老師一致好評。某次教育局評鑑，他替校內每位老師完成輸入資料工作，但是，直至評鑑前夕，他自己的部分卻無暇輸入。尤其，終日忙碌不休，使他的身體負荷能力轉弱。有時白天的工作無法在校內完成，只得返回住處連夜趕工，次日如期完成校方的指派工作。

最令人同情的是，春節期間，大家都歡度佳節，他卻在醫院急診室度過，與家人親友遙隔兩地。

他日復一日的上學、放學，笑臉迎人，卻在內心期盼實習生涯早日結束，能成為獨當一面的教師，不必承擔雙重工作，也能獲取應有的薪資，為家庭分擔經濟負荷。但是，現在實習教師每月僅有八千元津貼，在臺北連租屋、飲食等基本之需均不足，有些實習教師只得於課餘時間另行兼差，以維生計，但他連兼差時間都抽不出，校方在週六、週日都有可能安排活動，所以他只得依賴家中貼補。

一個尚在實習階段的年輕教師，勤奮努力，為何卻面臨如此困境？該如何改善？但輔導老師與他溝通時，從未聽聞他有什麼不滿或抱怨，校方也不認為對他有什麼不合理之處，究竟出了什麼問題？

案例三：

實習教師丙，大學時代才華洋溢，習慣遲睡晏起，喜於夜間工作。實習期間，最頭痛的是導師實習部分，幾乎日日遲到，無法應校方要求，參與早自習工作（某次，上午十一點才趕至學校，甚至誤了監考工作，引起校方強烈不滿）。他自己也設法改善，但迄今實習已近尾聲，猶未見成果。輔導老師明示、暗示，情況依然。但對他的教學能力、表現則十分欣賞，尤其他善於與學生打成一片，師生關係良好，連資深老師都讚許他未來將是一位受學生喜愛的老師。但是，個人作息如此異常，未來如何對學生以身作則？如何善盡教育之責？

實習輔導老師只得感嘆今日年輕人已然不同，e世代、草莓族果然個人意識強烈、觀念無法溝通。最棘手的是，實習期滿，輔導老師不知實習成績究竟該給他及格還是不及格呢？

案例四：

實習教師丁，學生時代勤奮求學，嚮往為人師表的行業。在自己家鄉某校實習，住所與學校相距不遠，校長、輔導老師與其父皆有私誼，校方老師也多為熟識之鄉人。實習期間，十分認真，深受校方師友器重、關懷，並常替請假教師義務代課。所以他自覺實習教師工作勝任愉快，輔導教師對其讚許有加，同儕實習教師亦相處和睦、相互切磋，平日自組讀書會，相互交換教學心得。返校座談時，他總是很愉快的和大家分享其實習經驗。他對任何事情總是朝積極、樂觀方面去思考。在眾多吐苦水的實習教師中，他似乎是得天獨厚的幸運兒！但實習期滿，他參與學校甄試（全縣聯考），第一關筆試即落榜（主要是教育領域的筆試成績不佳，而專業領域成績優異），根本無法進入口試及試教。很多老師為他抱不平。最後，總算考入一所離家頗遠的私校。（另一個類似的案例，則是實習學校第二年聘其為代理代課教師，第三年全縣聯考，終於考取當年的實習學校，成為正式教師）。令人不禁思考實習一年與甄試之間的關係，若全然無關，國家何必浪費公帑，培訓過多的人力？若有關係，則如何能將一年實習表現列入甄試成績？

以上幾個案例，都是筆者近幾年來，擔任大五實習指導教授，所親身觀察到的現象。有的是特例，有的是常例。我們可以從其中略窺今日實習教師的處境及實習教師與實習學校之間多元的關係。有的關係和諧，彼此相得；有的勢如水火，衝突不斷；也有的表面平靜，卻暗潮洶湧（如案例三中，有些實習教師患有憂鬱症等心理疾病，或者擅自缺席，長期休假，情況更加嚴重）。而實習學校與實習教師間的關係如何？彼此只是過客？站在教育界的立場，我們當然希望這些年輕的生力軍，能在第一年踏入教育領域時，就得到美好的經驗及合理

的指引，使他們在這一年中，能為未來數十年的教師生涯，奠下信心、熱忱、希望的基石！在此願就個人管見，探討實習學校、輔導老師與實習教師三者之間的相處之道。

三　從案例看實習教師的困境

從案例反映的問題，可看出今日實習教師遭遇的問題，大致如下：（一）角色地位問題（二）受制於輔導教師（三）無法得到實習學校的尊重（四）經濟報酬問題（五）自我調適及勝任問題（六）未來甄試與實習表現成績完全無關係。

以案例一而言，因為今日實習教師角色、定位不明，法令並未賦予實習教師明確的權利、義務，既非編制內的正式教育人員，不占實缺，也不是大學裡的學生（他們已領取大學畢業證書），因此，如何對待實習教師？是實習學校、輔導老師、受教學生及其家長都感到困惑的問題。所以，當他們想要依自己的理念教學，卻與輔導教師觀念不合時，自然產生衝突。尤其現今制度下，實習教師從擬定計畫、進行實習活動、一直到實習評鑑，完全由一位老師包辦（僅有少數學校由校長、教務主任、各組組長等多人參與），若實習輔導教師本身態度封閉、很少改變自己的教學模式，衝突問題自然浮現。

案例二所呈現的則是目前極普遍的問題。由於實習辦法規定實習教師應全程參與教育實習機構之各項活動，若實習學校將實習教師視為可利用的人力，則將困難、繁瑣的工作交付實習教師，或臨時、免費的代課者，甚至使實習教師地位降低成某行政單位的工友或某教師個人的教學助理。至於實習教師目前最實際而普遍的問題，就是無法得到合理的薪資報酬待遇。每月區區八千元，實在連基本生活都難以維持。假日到補習班打工、夜間兼家教，都成了大家睜一隻眼、閉一

隻眼的常態。

案例三則涉及實習教師的心理健康、自我調適問題。有些實習學校已注意此問題，組織讀書會、休閒社團等，協助實習教師自我調適，但有些則完全成為輔導老師個人的重擔，尤其遇到智能正常（或出眾）但有心理疾病病史或人格特質不適合從事教職的實習老師，的確是值得正視的問題。

案例四則是值得制定政策者正視的問題。有些實習表現優異的實習教師卻無法在甄試中脫穎而出，令人不禁質疑，一場筆試加十五分鐘的試教、十五分鐘的面試，其可信度比得上一年的實習表現嗎？那麼，這一年的教育實習，究竟其意義何在？尤其甄試方式五花八門，有的個別、有的聯招。試題也是五花八門，有些教育領域的是非題、選擇題、填充題，幾近刁難，根本考不出教師的人格特質、教育理念、教育大愛等重要的教師專業特質！昂貴的報名費，使實習教師在甄試這一關損失嚴重，有些人考了數十次才上榜，身心俱疲！而更多的人則從此成為無法獲得正式教職的流浪教師（據統計，每年約有兩萬名實習合格教師爭取約八千名的正式教師職位）。如果國家培養出大量人才，卻任其成為流浪教師，這樣的政策難道不應善加檢討嗎？

四　現行師資培育制度的反思

筆者認為今天實習教師制度的許多問題，其根源在於八十三學年度制定的新師資培育法不能真正取代以前的師範教育體系。

臺灣的中小學師資，一向由師範體系的學校負起培育專責。師範大學培育中等學校師資，師範學院則培育小學師資。在師範體系下，實習教師的地位及薪資待遇完全比照正式教師，所以雖然實習制度有名無實，並無第五年實習指導教授、實習輔導教師等名目，但一名有

志教育工作的年輕人，自師範院校畢業，一年實習後，足可順利的成為一名合格教師。當時師範生的困境，主要是若想更上層樓，例如進入研究所、出國深造等，必須先賠償公費，否則無法如願。

自民國八十三年二月公布新「師資培育法」後，又擬定「高級中等以下學校及幼稚園教師資格檢定及教育實習辦法」（民84年11月公布）。從此，任何大學只要開設教育學程，都可以培育師資，而實習是師資培育過程的最後一關，也是重要一關。所以修畢大學教育學程以後，只要能夠自行覓得實習學校，任何人均可成為實習教師。這項改革新法的理念本來是不錯的，就是：促使師資來源多元化；並以相對競爭方式，提升師資水準。但落實之後，弊端叢生，所以教育實習辦法公布全文三十九條後，民國八十七年六月修訂為三十八條，民國八十八年六月、民國八十九年六月、民國九十年六月、民國九十一年十二月等、又陸續修訂部分條文。民國九十二年八月教育部臺參字第0920126510A號令廢止，改以「高級中等以下學校及幼稚園教師資格檢定辦法」取代，並明令自民國九十三年三月舉辦考試，取代舊法中的覆檢資格。此項新法落實情況如何，目前尚不能預知，（筆者個人不表樂觀，因為以考試領導一切，終究落入死胡同，何況是選取品德、專業兼備的教師？只憑四門教育課程的試題，能了解這是一位合格教師嗎？這樣的取才方式是否又落入另一場惡性循環？）

雖然不論新、舊法都有「教育實習」（相異的是新法僅半年，舊法為一年）。但實習教師的地位每況愈下！新法明定實習教師為「學生」。所以實習期間不但取消八千元實習津貼，且要付費。主政者沾沾自喜，以為可以節省公帑，其實省下了戔戔之款，卻造成無窮後患，主政者目光淺陋，莫此為甚！

筆者認為參與立法者應重新放寬視野，縝密思考！

尤其不容諱言的是，今日教育主管當局在師資來源多元化的理念

下，並未有合理的配套措施，以致產生師資培育人數浮濫的現象！

　　加以某些政策下（如：九年一貫、領域教學等），教師需求供需失調，如語文教師本來只是負責教授本國語文，（中小學是義務教育，當然以本國語言為主），但今天是反賓為主，且有雙語教育的要求，英語（外語）與國語並列，以致產生英語教師奇缺、大量需求的怪現象！事實上，我們的多元族群中，並無母語是英語的族群，故將英語列入義務教育是既不合法亦不合理的，造成的語文亂象是，外語教學本來是在本國語文學習完成之後才開始（本國語文必須具備日常生活聽、說、讀、寫等基本能力），而今要孩子從小五、小三、小一，甚至幼稚園就開始學英語（若有真正的雙語學習環境其實亦無妨，如父母一方來自英語系國家，家中有練習機會，然而，事實並非如此，英語仍屬外語），其產生的排擠效應是很奇怪的，就是國語文教師人數需求大量減少，現有教師授課時數卻增多，比照一般科目教師，也要達十九至二十二小時一週，於是出缺情況異常，產生粥少僧多的現象！

　　自西元兩千年至兩千零八年，政黨輪替，國家經濟突然吃緊，居然無法正常發放教師退休金，許多教師無法退休，又造成新陳代謝異常的現象！以國文教師為例，區區幾個缺，卻有上百、上千的競爭者來報考！西元兩千零八年，政黨再度輪替，國家財務仍未見起色，一般行業出現了新進人員只能領22K的不合理的現象！

　　大量的實習教師似乎成了一種人才、時間的雙重浪費！明明不需要這麼多教師，卻大量要求他們實習一年。加以國家近年財政緊縮，對實習教師無法提供合理的待遇與報酬，以致舊制實習一年的教師每月僅有區區八千元津貼（在臺北市，基本吃住都不足以應付），而被迫必須兼差，如去補習班、兼家教、打工，無法專心實習，學校也無法制止，無法過問。（因為許多實習教師已是研究所畢業生，不僅成

年，且成家。），而新制實習半年的教師則完全取消每月津貼，且必須另付數千元學分費。他們兼差的情況更多元，有人甚至是補教界的正職教師！

　　更令人不平的是，實習學校所遴選的輔導老師，幾乎都是義務職，沒有任何補助，在自己原有教學或行政工作外，還要作額外義工，難怪有些學校，輔導教師成了燙手山芋，大家敬謝不敏！或者，勉強接任後，不聞不問，有時將班級交給實習教師，自己放假一段時間。（筆者曾親自遭遇的情況是，去某實習學校訪視，卻無法遇見實習輔導老師，因為她正在因病請長假中）。另外，有些學校則以經濟補助之理由，直接由實習教師（並非代理代課教師）擔任正式教職，付其加班費之類（筆者見過實習教師從暑假輔導開始，正正式式教了一整年的案例！）完全失去了實習教師這項制度的設計原意！相反的，也有些注重升學的學校，在某些家長壓力下，不敢放手讓實習教師獨當一面的教課，一年上臺的時間不到幾次，一年下來，實習教師對上講臺猶有怯意，缺乏自信。這算是失之極端的案例，但近年卻是普遍現象，實在是值得正視的事實。

　　所以，當前的師資培育制度瑕疵甚多，有關單位實應徹底檢討改善！實習教師的定位如何？亦成了亟待釐清的問題。他們究竟是教師？還是學生？目前教育部將他們定位為實習生。依筆者淺見，應將他們視為教師，享受新進教師的一切待遇，如此才能使他們心無旁鶩、專心實習工作，完成這一年（或半年）的實習。這不是唱高調，管子早就說過：「衣食足而知榮辱。」滿足基本民生需求後，才能追求高層次的境界。但這是有關當局在政策、制度方面應思考解決的問題，並非大學及實習學校能解決的。謹提供決策者參考！

　　筆者認為教師實習絕不能與醫師實習相提並論。醫學院規定醫科生七年畢業，實習期間很明確的具有學生身份，而目前的師資培育方

式是正式入學畢業後才參加實習，只要自己有本事找到實習學校即可，教育主管當局在質、量方面毫無限制或有任何管理辦法。所以，理論上，他們是正式大學畢業生進入職場的新進人員，接受一年職前訓練，應有基本的人權及生活保障（至少可比照勞基法的規定，或可比照外勞的身份吧！）

何況，他們在學校從事的工作，一樣是一天八小時，有的甚至不比一般正式教師輕鬆。憑什麼無法得到應有的酬勞呢？（或依新法，毫無報酬，反而要付費！）教育是良心事業，準備工夫、時間很難丈量，在臺上授課一小時，臺下準備時間也許不只十倍！在實習期間，如果要他們為五斗米而謀、而憂，實在很難清高其志，也令人憂心他們未來若從事教職會存有怎樣的心態！

此外，筆者認為主政者也應檢討當前師資培育的政策，是否恢復由師範體系培育師資的舊制？尤其對優秀學生是否恢復公費制度或改以獎學金制度？實習教師的人數是否應設有淘汰制度？以免人數過於浮濫，供需之間失調，浪費年輕人的寶貴青春！

筆者認為這是主政者該積極思考的！否則，為彌補錯誤政策而付出的代價，將更嚴重！懇切期盼立法者、主政者慎思！

五　對實習學校的期望

在目前的制度下，實習學校可說完全是義務付出，筆者在此首先向實習學校表達最高的敬意！正因為如此，筆者認為實習學校應多發揮教育理念，以栽培新秀、傳承教育的積極心態，來甄選實習教師。最好存有遴選未來新進教師的觀念，進而在一年實習中，持續觀察其表現，若表現優秀，符合學校需求，則未來甄選新教師，可鼓勵他們參加甄選。如此，一年實習制度與甄試制度可相互結合，減少資源浪

費。而目前的情況是，甄試時並不計入實習一年的表現成績，接受實習教師申請時，來者不拒，並無任何考核、篩選，通常其客觀條件符合（如修畢教育學程、大學畢業）即接受其申請實習，並未考慮其人格特質、性向、身心健康狀況、過去醫療記錄等。甚至某些私立學校，基於節省經費的理由，利用實習教師取代正式教師，造成不良後果，也違背一年實習制度的意義。

實習學校應體認本身在師資培育的流程中，掌握的是最關鍵的一關，一方面有淘選之責；一方面有培育之責，肩負這雙重責任，故與大學簽約時應十分慎重，接納的實習教師應具有良好的人格特質（如愛心、耐心、負責、積極、善表現、肯學習、善思考或領導等等）。接受實習教師的人數，應考慮學校的現實空間環境及設備，（例如某些實學校連座位都無法安排給實習教師，隨便拿一把椅子放在輔導老師旁，兩人共用一桌，十分不便）。接受實習教師前，應加以考核，不宜來者不拒，或基於本校畢業生之舊情等因素，輕易接受申請。同時，既已接納實習教師之後，應建立一套流程，首先為實習教師慎擇輔導教師，不可隨意安排一些即將退休的教師、即將懷孕待產的教師、甚至身心狀況欠佳的不適任教師，使初入教壇的實習教師產生挫折感。總之，實習教師並非備用人力，他們是教育界未來的成員，是教育界未來的希望，實習學校有責任安排一個完整全面的環境，供他們觀察、學習，以決定日後是否要投身教育界，若隨意接受實習教師，隨意安排輔導教師，對實習教師相當不公平，就實習制度而言，可謂功虧一簣。

實習學校最好能早些安排輔導老師，最好在七月一日／二月一日報到時，就能安排他們相互認識，利用暑假，彼此可相互了解。目前很多學校都是等九月開學以後才告知輔導老師，彼此在開學的忙亂情境下見面，輔導老師無暇盡其責，以致某些學校產生如下怪現象；數

月之後，雙方仍如陌生人，實習教師想請教問題尚有不知如何啟口之感。而學校其他員工（例如門警），居然不知道實習老師的存在！

實習學校宜多和大學保持聯繫，若有異常情況，可早發現、早解決。例如某些實習教師報到後即失去蹤影，或自行進入研究所，又不辦理撤銷實習，造成困擾。或某些實習教師中途有不適任的現象（如精神異常），到期末評分時，才思考是否應給予及格成績，算完成實習？若實習學校主動和大學聯繫，這些問題自然不易發生或得以及早解決。至於實習教師若遇到問題時，是否除輔導老師外，有可以公開投訴的管道？（有的問題就是與輔導老師的衝突），筆者認為實習學校應規畫相應的機制。

至於實習教師應接受怎樣的訓練？肩負怎樣的責任？是否應有明確的工作計畫？是否有休假制度？觀摩教學時是否邀請同領域科目的全體教師？是否該寫教室日誌？日誌給誰看？等等，實習學校應有一套合理的培訓實習教師制度，兼顧他們的身心需求。不宜將實習教師視為廉價勞工或過客。安排的工作不宜太瑣碎或機械化。例如影印、送公文、訂便當、倒茶水、接電話之類，使實習教師有身兼工友之感。特別說明，並非將實習教師視為貴客，所有動手之事都不能安排，而是要讓實習教師明白工作的意義、目的及需要。若純粹打字、影印、送公文、接電話，則顯然失去行政實習的意義。目前實習內容分為教學、行政、導師、研習活動等，最好能兼顧。讓實習老師明白學校的整體組織架構，教師在學校組織中的地位、功能、權利、義務。暑假不上課，所以他們協助某些行政，其意義及目的為何等等。然而，某些實習學校，實習教師於七月一日報到後，就完全比照正式教師開始放暑假，一直到九月開學才返校。這似乎又過於輕鬆，其實，實習老師初入新環境，有許多準備工作要完成，例如認識校園及其特色生態、了解人事環境，對教師工作特質應有概念，這些都可利

用暑假時來學習，例如辦理行政人員或同領域教師與實習教師之間的座談等，都是可行之道。

筆者最反對由實習老師來擔任暑期輔導課的任課教師。因為一般正式教師不願在暑假兼課，所以某些學校的暑修課就由實習教師獨挑大樑！有的還教兩、三班，這固然可給予實習教師非常寶貴的實際經驗，但其弊端也不容忽視！初入校門，實習教師就有身心俱疲之感，未來漫長歲月，如何能「樂在工作」？（最近兩年，這現象愈來愈普遍，以筆者所帶的班級而言，從二十八分之一，成為四十二分之十五！筆者頗不以為然，故特別提出來，供大家思考。）

實習學校應考慮實習教師的人際關係問題，協助他們自我調適、適應新環境。除了縱向方面，安排輔導老師給予個別指導外，也應注意橫向方面，即同儕關係，尤其規模大的都會學校，教師超過數百人的大型學校，最好定期安排實習教師間的交流活動，如某些學校有教師讀書會的組織，由校長或主任領導，實習教師輪流作讀書心得報告，大家相互討論。亦有某些學校組織球隊，彼此切磋球技。這些都是可考慮的安排，不一定局限本科系的教師才能相互認識。筆者認為這可以消除實習教師孤立無援的心理。觀摩教學時，也可鼓勵他們不同科系、課程之間，相互觀摩學習（如文科、理科、術科等不同領域），有時頗具啟發之效。

實習教師加入校園，對校園生態必然引起一些改變，有些學校對實習教師不夠尊重，以致學生對實習教師缺乏敬意。除輔導老師外，其他正式教師對實習教師也漠不關心，筆者認為這是有待改善的現象。其實，實習教師在實習學校的學習是全面的、是融入的，所以學校應好似一個溫暖的大家庭，真誠接納實習教師，不論是校長、老師、學生都應與實習教師建立良好關係，彼此互敬互重，相互學習，相信校園會更和諧、多元、多采多姿！

最後希望實習學校確實善盡考核之責，以合理、認真的要求，督促實習教師發揮自己最佳的表現，珍惜這寶貴的一年。若確實不適任教育工作，年輕的實習教師也可考慮另覓合適的職場，不致造成未來教育界的不適任者！

綜上所述，我們認為實習學校最好能掌握如下原則：

1. 配合學校本身未來發展，慎選實習教師，寧缺勿濫。
2. 慎重規畫培育實習教師的流程，注意兼顧其身心發展需求，合理合法。
3. 對實習教師的考核宜確實、認真，盡量以協助、愛護未來新血的立場視之，不宜失之過嚴或過寬。
4. 以尊重的態度面對實習教師，視他們為充滿希望的教育界新血。

六　對實習輔導老師的期望

實習輔導老師目前完全是義務職，所以幾乎都是由校方情商或指派。於是產生並非心甘情願、欣然接受的情況。筆者認為最好是自願為佳。至於該聘資深者？或資淺者？何者為佳？筆者認為都無妨，但實習教師需要的是一位熱忱、有耐心、學養佳、經驗豐、具有協調能力的引路人，這是首要條件。所以若有自願擔任者是最適合的，因為心甘情願，若遇困境，自然願意包容、解決。當然輔導老師本身的人品道德修養一定要有相當水準。校方宣作適度的考核，否則產生性騷擾等醜聞（筆者見過實例），不僅傷害年輕的實習教師，也破壞設立輔導教師的良法美意。

教育工作是涓滴累積的經驗傳承。輔導老師要有願意分享教學經驗的開闊胸襟。特別是班級經營方面，最好能對實習教師傾囊以授，或者坦率告知自己的教學理念及風格，以免日後因理念差距產生問

題。有些輔導老師十分客氣，謙稱自己的一套不是最好的，不必學自己等等，其實經驗傳承，不論成功的、失敗的，都有其意義。此外，應多給實習教師學習、比較的機會。輔導老師甚至可安排介紹實習老師與其他同事認識。或偶而去其他班級觀摩。不要擔心比較的問題。事實上，每位老師都有自己的教學長處及特色，正好讓實習老師認知終生學習、精益求精的道理。即使成了正式教師，仍有學習、成長的空間！

　　筆者較不贊同某些輔導老師的態度，他們很坦率的告知實習教師：「把你在書本上學到的教育理論完全拋開，我們學校的孩子就是需要體罰，不打不成器！在教育界和社會一般現象完全一樣，收受紅包是很平常的！」當然，教育界存在著黑暗面或不肖份子、不適任教師，這是事實，不容否認，但是對一位實習教師，灌輸其負面現象，使其對未來生涯產生畏懼等不良心態，總是值得商榷。教育畢竟期望的是人性的提升與希望！禁止體罰，已明載於法令，且體罰對學生無益身心，已是常識，為何還要以如此原始的方式管教學生？筆者認為經驗傳承最好是積極面的，教師個人的偏見不宜影響實習教師。當然，我們也不希望製造虛偽假相，誤導年輕的實習教師，不食人間煙火，誤以為教育界都是道貌岸然的聖者，教師都是永遠不會犯錯的，相反的，我們應讓年輕的實習教師了解：教育界也是善惡並存、良莠兼具，但教育的本質就是在人性善惡之間取其善、去其惡，所以教育的力量，展現在其昇華人性、追求理想，而非自甘墮落、日趨下流。所以暴力式的管教是無濟於事的！

　　理想的教師生活是規律的、道德的、積極的、向善的、具有理念的，這些對年輕人都是極大的考驗！尤其現在社會亂象多，年輕人的敬業精神不足，教育界也無法倖免，以致價值顛倒，無是無非，師生間的衝突、同事間的衝突、教師與行政單位間的衝突等等，都是常見

的現象。輔導老師究竟要怎樣拿捏「輔導」的分寸,可說是一門學問。有的輔導老師太客氣,有的卻又要求太多,或干涉太多。一般實習老師是不願(或不敢)主動提反對意見的,但可能在行動上採沈默、逃避的方式,以致雙方會產生無謂的心結與誤會。筆者的淺見是,輔導老師若覺得實習老師行為有偏差(如遲到、懶惰、不負責任),應該開誠布公,以坦誠的態度告知對方,(當然宜私下為之,不宜在教室或公開場合為之,以免傷其自尊)或者由大學指導老師轉告。不宜睜一眼、閉一眼,卻又在心中覺得不滿。筆者以為,教育界的人際還是以單純、真誠為尚。所以,非常期盼實習學校輔導老師能多和大學指導老師保持密切聯繫,(現代通訊方式甚多,如電話、email、上網、傳真皆可),共同合作培育實習教師。

對實習老師的態度,基本上是尊重、開放、坦誠、多溝通。除了教室中見面、交談,私下偶而也可分享一些個人人生經驗或交換理念。輔導老師應以歡喜心來看待年輕的實習老師,欣喜教育界又將增添一批新血、一批薪傳者。最好在初見面以後,彼此可深入交談一次,作觀念溝通,輔導老師告知自己的基本理念與要求事項。平時則亦師亦友,給他們某些創意空間,也提醒他們實際教學面臨的問題,(例如在一個以升學導向為重的學校要求學生許多課外活動、作業,寫課外參觀報告、在家中做實驗等等,或者在一個設備不足的學校,安排利用powerpoint等電腦軟體作教具等等,是否有落實方面的困難?)相信輔導老師的尊重態度與善意指引,應能獲致良好的回應。

實習輔導老師不宜將自己的責任完全交付給實習老師。尤其導師實習時,實習老師要負責早自習、午休、放學前清掃等督促的工作,萬一有些意外發生,責任歸屬為誰?筆者認為實習輔導老師還是不宜掉以輕心,要負起全責。有些可以分擔的工作,如批改考卷、作業等,雙方可事先協商好,共同承擔,分工愈明確愈好,實習教師容易

依循，知其分寸。但最後的負責者，仍應是實習輔導老師本身。

　　目前大學對實習老師的要求是開學後繳交一年的實習計畫書，每月返校一次參加座談會、每月繳交實習心得報告一份。而實習學校對實習老師的要求則不一致，有些學校也要求每月交心得報告，甚至每天要交實習日誌，一年後則有厚厚一本記錄。有些學校則要求實習老師自組讀書會，每次聚會後繳交讀書報告。有些學校則毫不要求。差異性相當大。筆者的建議是輔導老師至少應協助或督促實習老師每月完成心得報告，並過目一遍，將可發現很多值得重視的意見或問題！較重要的是，開學初，協助實習教師完成〈實習計畫書〉，這需要配合學校行事曆及輔導老師的要求。盼望輔導老師也能督促落實該計畫書。懂得製作計畫書、預先安排規畫各項活動或例行之事、具備組織能力，應是實習教師應培養具備的能力之一。

　　實習輔導老師在自己教學之餘，又要兼顧輔導實習教師之重任，有關單位應在實質方面予以獎助。筆者的構想是，可將他們列入大學的教學研究計畫中，給予研究經費，和大學合作從事各種實驗教學的工作（例如一年一次觀摩教學，實習老師可發揮其創意，或編製新教材），相信這樣會使實習制度更有意義，一年後的實驗成果報告，可供其他教師改進教學參考。如此，在教材、教學、教法各方面，也能有創新之舉，而大學與實習學校間的關係必然更具意義。

七　結語

　　事實上，目前某些實習學校由於累積多年經驗，已有相當制度化的指導實習教師計畫（例如臺北市的大安高工），而某些實習輔導老師由於本身的學養、經驗，在輔導實習老師方面有非常令人佩服的成效。筆者所述，只是針對個人見聞所及，期望實習制度能精益求精，

發揮更上層樓之功。

　　由於各實習學校差異性頗大,如:規模不同、環境不同、制度不同、實習教師與學校的關係不同(如校友、非校友),加上實習教師個人的人格特質不同,我們很難定出一些標準化或格式化的理想條件,來要求實習學校及實習輔導老師。我們只能期盼教育制度的決策者能改善目前實習制度上的缺失:如實習教師的定位問題、報酬待遇問題等,使一些根本問題得以解決。而對實習學校、實習輔導老師方面,最後再提出個人至深的期盼,對實習教師,希望我們都能以關懷之情、尊重之心、相互交流溝通,傳承教育的理念與大愛,為教育我們的下一代共同攜手合作!

　　希望我們都能銘記如下期許:

　　尊重——亦師亦友、相互切磋

　　溝通——坦誠共處、平等相待

　　傳承——喜見生力軍、傳承教育愛

　　大家共同攜手合作,為培育優秀的師資而努力!

參考文獻

陳仕宗　〈師資培育機構在新實習制度中應扮演的角色之初步探討〉《特約實習學校的實習輔導理論與實務學術研討論文集》花蓮市　國立花蓮師範學院　1998年

賓玉玟　《國中國文科實習教師實地經驗之個案研究》　臺北市　臺灣師範大學教育研究所碩士論文　1999年

高強華主編　《前瞻廿一世紀新教育》　臺北市　南宏圖書公司2000年

結論

從兩岸合作整理漢字出發
期待新世紀的語文教育

　　由於中共政權改革漢字，引致今日通行的漢字有兩套系統（臺灣稱為「正、簡字」，大陸稱為「繁、簡字」），兩相對峙已長達半世紀以上。

　　我們從簡化字發展歷史，依據其簡化原則，了解到中共所簡化的字，實際上只能說是「簡訛字」，因為這三百多個字背離了漢字演化原則，且破壞了漢字六書的系統，使漢字形、音、義合一的特質及優美、均衡、勻稱的外形都消失了。漢字一筆一畫均有意義，所連結的是三千年的文化、三千年的智慧！筆畫愈多，其背後的內涵愈深厚！這是簡化字難望項背的！我們期盼中共決策者能認清這項事實！

　　就使用者的角度而言，面對兩套文字系統，實在深感不便及資源浪費。尤其值此二十一世紀的網路時代，全球掀起中文熱／華語熱，第一關就遭逢「該學那一套文字？」的難題！透過電腦繁簡轉換系統，不僅不能解決問題，反而造成新亂象。此外，許多傳統古籍今天重新成為顯學，如《易經》、《黃帝內經》、《孫子兵法》、《唐宋八大家》……等等，都是值得現代人汲取古人智慧與經驗的寶典。若透過簡化字來詮釋，只能先再創一門「新校讎學」！

　　漢字何去何從？的確是值得從事語文教育工作者深思的問題！

　　我們認為兩岸文字學專家應攜手合作，結合電腦科技，共同整理

漢字！

　　事實上，中央研究院資訊研究所早於民國八十二年，已在謝清俊教授的領導下，就展開文字資料庫整理的工作，如今由莊德明先生默默耕耘，成果斐然！該資料庫自民國八十七年的一・〇版迄今已增修十九次，內容愈見豐富，最新版又增收楷書缺字八四八個、《康熙字典》索引、《廣韻》索引、《金文詁林補》索引等，就整理漢字而言，可謂卓具貢獻！目前漢字構形資料庫改稱為小學堂文字學資料庫(由行政院國家科學委員會經費補助，臺灣大學中國文學系、中央研究院歷史語言研究所、資訊科學研究所、數位文化中心共同開發)，已開放給大眾使用。此外，值得一述的是語音部分也納入該資料庫，如《新編臺灣閩南語用字彙編》已於二〇一三年十一月五日正式開放下載。網址是http://xiaoxue.iis.sinica.edu.tw/download/WSL_TPS_Huibian.htm

　　中央研究院資訊研究所無私的開放小學堂文字學資料庫，這也促使臺灣一直都是古籍電子化的先鋒，吸引許多電腦專家不計名利投身其中，可惜這群人卻得不到國家級的全力支持。

　　大陸方面也值得注意。中共新聞總署曾公開徵求新聞出版重大科技工程項目——「中華字庫」工程（項目編號：0610-1041BJNF2328），誠可謂頗具前瞻眼光。據聞二〇〇七年已有此構想，是列入《國家「十一五」時期文化發展規劃綱要》的重大建設項目「中華字形檔」（現改名為「中華字庫」）工程，其目的要「建立全部漢字及少數民族文字的編碼和主要字體字元庫。重點研發漢字的編碼體系、輸入、輸出、存儲、傳輸以及相容等關鍵技術」。目前「中華字庫」工程已有專業者開發相關技術，其目標是「要在文字學深入研究的基礎上，探討各種文字收集、篩選、整理、比對和認同的方法與原則；充分利用先進的數位化技術，開發相應的軟體工具，在統一的數位化平臺

上，探索人機結合的文字收集、整理、篩選、比對和認同的操作與管理流程。從數千年流傳下來的文字載體中，將盡可能搜集到的古今漢字形體和古今少數民族文字形體彙聚起來，在各種實際文本原形圖像的基礎上，確定規範形體，標注各類屬性，有序地分層級排列，建立字際間的相互聯繫，並按照出版及網路數位化需求，建立漢字及少數民族文字的編碼和主要字體字元庫。」請參見http://www.gapp.gov.cn/cms/html/21/508/201010/704504.html

筆者認為目前兩岸合作整理漢字時機已成熟，電腦專家在技術上的突破應屬指日可待之事，但如何「確定規範形體，標注各類屬性，有序地分層級排列，建立字際間的相互聯繫」，則有賴兩岸文字學專家攜手合作，共同完成，不能假手於工程專家，也不能任由中共主導，畢竟，五千年的文化累積，是中華民族祖先遺留的珍貴資產，不是中共的專利，更不是簡化字可完成的任務！

就兩岸以科技整理漢字的歷史來看，中研院早在八〇年代，就展開文字資料庫整理的工作。所以，臺灣必須正視自己的成果，並使優美的傳統漢字普及於廿一世紀的媒體！我們建議臺灣的語文專家學者應爭取主導權，先在國內取得共識！再與對岸合辦研討會。可以預見的是阻力必然不少，但這是廿一世紀的盛事，期待兩岸學者專家及有識者共同正視這千載難逢的時刻！

若能突破文字整合這一關，我們將可看到廿一世紀語文教育的美麗前景：透過健全的師培制度，新一代的語文教師將可與科技界合作，開發更多有創意的、有效的教學方式，編製更吸引學習者的教材，將傳統文化智慧再度展現在世人眼前！

語文教育者主要透過語言文字，傳遞的是具有普世價值的、優美的中華文化！我們希望從兩岸合作整理漢字出發，期待新世紀的語文教育！

附錄一
中文並無繁簡之爭

　　《亞洲週刊》去年九月二十三日號以「文字之爭」作為封面專題，對於今天因政治因素影響，造成海峽兩岸書寫字體不同的問題，提出了正、反面各方不同的意見。這個問題在海外從事華語教學工作者來說，也是一個值得關心與正視的問題。筆者認為中文本身並無繁簡之爭，也不應有繁簡之爭，因為語文本身是有生命力的，隨時空改變必然有變化。今就此觀點，略述個人淺見，也期盼能拋磚引玉，海內外博雅方家共同討論此問題。

　　事實上，誠如龍宇純教授所言，中文一直處於演化狀態。目前以楷書定於一尊，主要是印刷術發展所致，特別是宋代活版印刷術的發明，使許多前代及當代典籍靠著印刷術保存至今。例如今天還有宋版古籍，除了語法與今天的口語不同外，在閱讀方面令人毫無不便之感。

　　今天傳統楷書字體仍通行於臺、港等地區，除了如亞洲週刊所說的，是價值體系認同的問題，在意識形態上區分敵我，不願認同中共政權……等理由，還有如下幾點。

一　歷史因素

　　中華文化發展甚早，漢代已相當重視歷史紀錄，幾千年來流傳下來的書寫紀錄何其多，像許多大型百科全書式的類書，如《四庫全書》、《古今圖書集成》等，今天臺灣海峽兩岸都沒有魄力作出類似的書籍。要將這些古籍全譯成簡體字，即使倚賴電腦，也相當困難（因

為尚有字形外的問題）。若只懂簡體字，的確在閱讀古籍時會遭遇困難。臺灣將「破壞中華文化」和簡體字相提並論，看來並非毫無道理。這也是許多外國人初習簡體字，後來為了直接閱讀原典而又捨棄簡體字的主要理由。

二　中文本身的特色就是形、音、義兼顧

「六書」的理論在漢代已形成，就是「象形、指事、會意、形聲、轉注、假借」六種造字原則及方法，使每個字兼有實用價值與藝術價值。簡體字為了求簡而不顧這特色，如「華」改為「华」，毫無意義，只要稍諳傳統造字理論者，難免有排拒心理。再說中國方言眾多，同音異義字及同義異音字甚多，一點一畫都可能改變文字的意義及讀音（如冷、泠）。簡體字完全忽略這特色，胡亂制定一些規則，將同音字合併為一種書寫方式如「面」取代「麵」，使「麵粉」、「面粉」無法分辨；如「干」取代「乾」、「幹」，造成意義上的混淆，也造成表情達意上的不便，更嚴重的違反了文字「以簡馭繁」的演化原則。

三　科技的進步，使簡化文字失去足以說服人的理由

簡化文字的一大理由是書寫方便，筆畫少，省時間。民國初年即有簡化文字之議，有人甚至倡言完全使中文字拉丁化。隨著科學文明進展，中文打字機、電腦問世以後，這些理由都不成立了。再說，臺灣推展正體字，國民教育普及率高逾百分之九十九點八（根據民國78年教育部統計資料）。文字筆畫繁簡與普及教育之間，顯無關係。

總之，文字自有其自然衍生及淘汰的生命力，而使用文字者往往有其立場及需求，唯有自由開放的使用環境，才能使文字發揮其自然

衍生的功能。臺灣地區使用文字的情況呈現多元化的自由現象，多數
人及官方文件使用正體字，但是某些反對黨為強調政治立場而採用簡
體字，甚而拒用「中華民國」年號等。至於一般商界受西方影響，有
的將英文字母直接用於中文之間，如MTV、KTV等；或吸收日語詞
彙，如常見的卡拉OK等。正如元朝入主中國時，中文也有類似拼音
文字的作用，「也麼哥」等詞大行其道。今天所謂的「繁簡之爭」主
因是中共以政治勢力介入，意圖全盤改革文字而造成。解鈴還須繫鈴
人，只要中共肯放棄其意識形態，真正接受民主理念，文字演化合流
自然會水到渠成。

　　　　　　——本文原載於《亞洲週刊》四卷四十期，今略加增刪。

附錄二

民國百年的回顧與前瞻
──從語文教育的角度思考

　　中華民國建國一百年了！這真是歷史上值得大書特書的偉大一刻！

　　當年多少熱血青年，在國父孫中山先生的領導下，以寶貴的生命換來一個新時代的降臨，建立了一個「民有、民治、民享」的新中國──中華民國。

　　可惜的是，軍閥割據、日軍侵華、中共建國、臺獨興起，……百年以來，持續不斷的考驗如狂風驟雨，波濤不斷！致使中華民國今天的領土僅侷限於臺澎金馬一隅。

　　值得慶幸的是，中共政權今天正逐步放棄其共產思想理論，全力發展經濟，在國際間重展強國之姿，兩岸已展開和平交流。至少，和平帶來新契機，炎黃子孫可以冷靜的展開對話，共同思考未來！

　　本文擬從語文教育的角度來思考！

　　先回顧歷史背景。從清宣宗道光十九年（1839）林則徐查禁鴉片事件，可看出當時知識份子對舉國上下沈溺於吸食鴉片的憤怒與自覺，可惜，結局是道光二十年（1840）的鴉片戰爭，清廷慘敗，被迫於道光二十二年（1842）簽下南京條約！從此，喪權辱國的不平等條約接踵而來，滿清政權的無能終於引爆了辛亥革命！不論這一刻是歷史的偶然或必然，我們可以看出，中華民國的建立肇始，其深層的背景是中西文化交戰的後果，從清末知識份子驚懼於西方文明的「船堅砲利」，師夷長技，到為了救亡圖存，亟思拋棄傳統文化，學習西方的「全盤西化」。及至民國八年，終於在胡適、陳獨秀等人的倡導

下，「五四運動」展開新文化改革運動，其餘波盪漾於今。

　　五四新文化運動最具體的成效是建立白話文學，這本是文化演進的趨勢，可惜，幾千年的傳統文化同時被冠以「封建」的負面大帽子，成為許多人視之為「必須除之而後快」的對象。當時許多知識份子強烈以為中國傳統方塊字是落伍的象徵、是造成文盲的主因！這種思維，使中共在國際共黨組織的協助下，於建國後，立刻落實文字拉丁化政策，不料阻力重重，才改而採行簡化字，造成今日兩岸文字繁簡對立的局面！當然，歷史文化的因素都是多元而複雜的，但我們絕不能忽略這個重要的歷史背景。

　　民國百年的今天，中華民國在臺灣及金馬等領土上，已真正成為自由民主法治的國家。政治方面，人民已真正當家作主，可以自由組黨、自由投票選舉總統、民代；文化方面，傳統文化、民俗的保存、發揚，方興未艾。最值得我們珍視的是，傳統文字一直保存在教育系統中，學校教育並不排斥文言文，青年學子仍必須學習古籍，例如中學一直有「中國文化基本教材」這樣的課程。語文教育最值得一述的是推行國語成功，各族群有可以共同溝通的語文工具。

　　近年在臺灣稍有變化的是，由於臺獨思想興起，首先否定中華民國與臺灣的關係（「臺灣地位未定論」），其次為了達到政治目的，某些政客倡導方言文字（主張臺語是拼音文字，現有漢字無法完全書寫表達，必須輔以英、日文符號，遂形成奇特的現象，欲書寫所謂臺語文字，必須先精通中、英、日文），切割臺灣文化與中國文化的臍帶，在語文教育方面呈現一些亂象，認為文言文不值得學習，日用生活使用不到之故。幸賴有識者力挽狂瀾，這股逆流應當無法持久。近年來，又有一種現象，就是力圖將「中華民國」與「臺灣」畫上等號（「臺灣是個獨立國家，她目前的名稱叫中華民國」）。

　　而有趣的是，中共建國六十年，歷經十年「文化大革命」（1966

～1977）的慘痛內鬥，現在反而擁抱傳統、積極尋根。從「國學熱」到全球設立「孔子學院」、中央電視臺的「百家講壇」，均可看出端倪。不但如此，在政治方面，中共力圖與「中國」畫上等號，以五千年中華文化傳承者自居，努力修復文革時破壞的中華文物、歷史古蹟建築；文化教育方面，中、小學教育已明訂必須學習唐詩、宋詞、古文若干篇目，且必須達到能「背誦」的程度，二〇一〇年起，更規定中小學教材改為「一綱一本」。而更令人振奮的是，地方教育單位，如古都長安（今西安）、許慎家鄉河南漯河、海南島……等地，已明文規定中小學生必須學會五百個繁體字。

中華文化是一種兼容並蓄、兼含百家的融合體。中華文化的形成，由於無所不包、百川納海。中華民族遂屹立於今，成為世界四大文明古國中唯一傳承、綿延不斷的古國。

中華民國的未來，正奠基於此。五千年的語文傳承、兩千多年的道德文化、現代化的民主生活方式、多元包容的族群觀念、發達普及的教育制度、公理正義的司法制度等等，這些優越條件，都是我們前瞻未來的美麗前景！

—— 本文原刊於《中國語文月刊》643期

附錄三
網路時代的「書同文」

第十屆世界華語文教學研討會於民國一百年十二月二十六日至二十九日在臺北市劍潭國際青年活動中心舉行。會中邀請中華文化總會劉兆玄會長演講「漢字對東亞文化的影響」。

劉會長從世界四大古老文字談起，論及「文字是文化的載體」。而今兩河流域楔形文字、埃及聖書體文字、中南美的馬雅文字都已自歷史舞臺消失，唯有漢字仍承載著記錄、溝通的任務，活躍在文明舞臺上，甚至影響到中國鄰近的國家，如日本、韓國、越南等，漢字將中華文化發揚至這些國家，形成所謂的「漢字文化圈」。劉會長指出「日、韓、越三地至今使用之總詞彙中60%以上源自於漢字詞」、「漢字國際化的需求與重要性正不斷地被重新評估」、「漢字所承載中華文化的文藝復興，將為廿一世紀創造新的普世價值」。

劉會長面對來自全球二十個國家及地區的三百多名從事華語文教學的專家學者、教師、研究生，透露一個令大家興奮的消息：「中華語文知識庫」雲端網站，預定民國一〇一年二月六日在兩岸同步正式上線供全球檢索。

「中華語文知識庫」雲端網站，是中華文化總會自民國九十九年八月五日籌畫，由兩岸共同建立的。已完成《兩岸常用詞典》三萬筆、《兩岸常用學術名詞》三萬筆及《兩岸常用中小學教科書學術名詞》約五千筆。總計詞語註解超過百萬字。目前「中華語文知識庫」雲端網站正進行版面設計、系統開發、測試等工作。

劉會長在結語中指出，中國歷史上第一次的「書同文」是秦始皇

以「霸道」的方式完成的，而我們今天的使用者將以「王道」的方式共同創造漢字的第二次「書同文」。

劉會長所提的願景我們頗表贊同，但是他補充說明「第二次書同文」指的是「當全球華人都認得傳統漢字與簡化漢字後，其未來發展將由使用者決定」、「臺港澳人士可能會接受更多『好』的簡體字，如『尘』、『笔』，大陸、新加坡等地人士可能是會棄用一些『壞』的簡體字，如『吃面』、『頭发』」，我們認為這看法值得商榷！

首先，我們認為任何文字符號沒有所謂的「好」、「壞」問題。我們反對「簡化字」的主要理由之一是：它產生的理由如「消除文盲」、「漢字筆畫繁多，難寫難認」，早已經「時過境遷」，現在已進入電腦科技時代的二十一世紀，語文溝通該注重的是效率問題，如果炎黃子孫在書寫符號上呈現兩套符號系統，只能令教師、學習者莫衷一是，徒呼負負而已！因為這是多麼嚴重的資源浪費！妨礙兩岸交流溝通、完全是不必要的浪費！其次，簡化字在製造之初，除了部分源自傳統的草書、行書以及俗字外，可說毫無道理、純粹破壞傳統文字系統而已。而簡化字最為人詬病之處也就在此，當年中共政權大力推行的簡化字其實是為了呼應國際共黨的「語文同化政策」，最後目的是為了「消滅漢字」，推行漢字拉丁化，所以盲目的以減省筆畫為手段，製造不合理的簡化字。事實上，這些是淆亂漢字系統的「訛」字！文字學專家董作賓先生當時就認為：「簡體字的提倡，對於六書的原則，一定要加以破壞，至少是『形聲』一種的破壞。如果隨便簡化，偏旁部首常常會發生混亂和矛盾現象，這是值得注意的！」可惜不幸而言中！尤其值得我們注意的是：民國二十四年國民政府教育部依錢玄同之見，選出三二四字，這是歷史上首次由官方公布的簡體字，但很快又收回不用。這份《簡体字表第一批》在「第三條」中明確的指出「左列三種性質之簡體字，皆不采用」，甚至「偏旁暫不改

易」，但中共的簡化字卻將這些「一字取代多字」、「字形過於相似」、「以部分代替全體、破壞六書系統」的字全納入一九五六年推動的「簡化字」中，造成今天的問題根源！我們今天應當回顧歷史真相、記取歷史教訓，不能因為簡化字已擁有六十年歷史、十餘億人正在使用，就任其破壞五千年的中華文化、破壞漢字認知系統！

至少這三二四字應該恢復原狀。而規範、整理漢字的工作該由兩岸文字學專家共同攜手合作，不是任由市場決定，畢竟語文是溝通工具，宜有共同標準！而一筆一畫也必須能有令人心服的道理存在，不能只是毫無意義的線條而已！

我們認為，漢字在歷史上的「書同文」和書寫工具的變遷應有密切關係。第一次「書同文」應該受發明毛筆的影響，定於一尊則有賴東漢許慎的《說文解字》，他為漢字六書系統架構乙套完整理論，由小篆轉為「隸書」。第二次「書同文」應該受印刷術及發明紙張的影響，漢字有了「楷書」的形式，一直傳承迄今。

第三次「書同文」就是今天的電腦網路時代，電腦網路的迅捷及無遠弗屆，使得漢字得以擺脫「難寫、難學」的污名，展現其所承載的優美、古老的文明，展現其均衡、勻稱、豐潤的形式美！「簡化字」的字形醜陋、無意義、製造笑料（如十二月二十五日簡化字經由電腦繁轉簡成了「怪誕節」），該自慚形穢、迅速隱退才是！六十年前受政治污染，致使定型兩千多年的漢字蒙塵，今天在電腦科技的協助下該重展其絕代風華！我們引領企盼這第三次「書同文」的盛世來臨！

——本文原刊於《中國語文月刊》655期

附錄四
網路時代的閱讀

一　前言

　　第十九屆臺北國際書展於二月九日至十四日在臺北舉行，六天展期吸引了五十九萬人次，為歷屆參觀人數創下新高。

　　這項年度盛會令我們看到一個閱讀新時代已經來臨！值得注意的是：第二館動漫書區每天都是人頭鑽動，且以青少年為多。我們將這個新時代稱為網路時代，它已發展出新的閱讀媒體、新的出版方式、新的閱讀人口，這些都將影響我們對未來閱讀的教育觀念及方式。

二　從一則新聞談起

　　再回顧最近的一則新聞，就是榮獲教育部「一等教育文化專業獎章」的李家同教授在接受雅虎入口網站訪問時，表達他對時下年輕學生花費大量時間在社交網站上、只閱讀網路上文章的憂心：「這樣邏輯不通的網路文章看多了，我們的下一代會比較笨。」他又認為應以大量閱讀取代精讀，把時間用在更有意義的事情上。而在公視〈爸媽囧很大〉節目中，李教授提出一個實例，某學生讀畢他的小說〈車票〉後，居然看不出主角人物的母親已過世，無法掌握重點。所以他明確具體的表示，該閱讀的是「經典書籍、邏輯性強的法律判決書及偵探小說、歷史讀物、還有以外文寫作的資料及書籍（可以吸收不同觀點）。」李教授致力協助弱勢學童的教育，自己本身是暢銷書作

家，他的意見理當受到尊重及支持。但是網路上的一群「網友」（「網民」）卻強力反彈，認為李教授完全不了解網路世界及新世代的觀念。

三　網路時代面臨的閱讀問題

從這則引發爭議的新聞來看，網路時代的閱讀問題的確值得正視。所謂網路時代的閱讀問題，我們認為至少可包含兩個方面：一個是網路時代，傳統的紙本書籍（含繪本）是否將遭淘汰？一個是電子圖書這類新的閱讀媒體未來發展的可能現象，是否會造成新一代閱讀力下降、閱讀人口銳減？

以未來發展的角度來看，網路時代，出版業的感受最強烈，亦喜亦憂。

可喜的是，新商機有無限的可能性，以這次書展銷量不錯的「遠流金庸機」為例，全套十五部（三十六冊）的金庸小說，存放在重僅兩百五十公克、厚僅零點九公分、長寬為一三‧四×二一‧三公分的載具中，這真是神奇而不可思議的新媒體。不但可透過視覺欣賞文字，尚可使用觸控方式翻頁，仍舊維持舊閱讀習慣「翻書」的觸感，最令人稱奇的是，戴上耳機、開啟工研院研發的「語音合成」朗讀功能，立刻可以透過聽覺進入金庸筆下的武俠世界。而這個僅2G容量的電子書，除了可儲存全套金庸小說，尚收錄四十冊「金學研究」叢書，內建金庸知識庫五千三百筆，包含《中國大百科全書》、《遠流活用成語字典》、可提供查詢、翻譯的功能，此外，尚可下載約一千五百本書。誠可謂「掌上型圖書館」。遠流發行人王榮文很自豪它具有「五合一」（內容、軟體、硬體、通路、通信）功能，提供讀者即時、便利、先進的數位閱讀服務。我們可以預見其未來極具市場價值。

可憂的是，電子書及網路的出現，是否影響傳統紙本印刷業？年輕的一代甚至只追求視覺、聽覺刺激的快感，不再有耐心翻閱純文字的書本，他們的「閱讀力」是否日益衰退？以致大量保存在書本中的文化資產面臨消失的危機？

四　語文教育工作者宜深思

對從事語文教育的工作者而言，這是值得深思的問題！

事實上，今天的國語文課程教室，已有新貌，大部分教室都已具備e化環境，書商努力提供各種教具、電子書，許多老師已懂得利用youtube免費影片、廣告片、卡通片、ppt等等，來引起學生的學習動機，不再完全只靠教師的口才及一塊黑板、一支粉筆。主管教育當局甚至努力規畫未來教室，撥出龐大經費建置互動式電子白板教學環境。而新一代的學子已習慣於科技產品、聲光刺激，特別是複雜多元的網路世界，十分有吸引力，這是不容否認的事實，所以首先我們必須接受閱讀新時代已來臨的事實。而且其發展速度隨著科技的日新月異，將有驚人的成長。我們也必須承認：今天的知識、學問的來源已不再局限於書本或少數人之手。我們認為這是教師、家長都必須正視的！

但是更值得我們關心的是：網路世界中的閱讀內容是否完全都如李家同教授所言，邏輯不通且會造成下一代的愚笨無知？該如何面對這個問題？

五　媒體與工具全賴「人」的運用

我們認為網路是一種現代媒體、現代工具，媒體與工具本身並無善惡優劣的問題，完全視掌控媒體者的「人」如何運用？

　　人類今天創造的網路世界中最大的問題是資訊太豐富、太多元、太泛濫、太複雜，我們該如何選擇適合自己需求的？或者有助我們身心發展的？這是今天我們必須面對的！網路上人人可以發布資訊，而快速的搜尋引擎（如Google）造成資訊快速傳遞、普及流通的現象，無遠弗屆、唾手可得，幾乎宛如前人幻想的「千里眼」、「順風耳」、「芝麻開門」，而問題是：這些從搜尋引擎輕易得到的資訊該如何揀選？如何利用？如「維基百科」透過眾人之手建立了龐大的資料庫，但和「大英百科」相較，可信度方面仍嫌不足。如中共以大量人力整理中華傳統古籍，將其改為簡化字，在網路中可以很方便的搜尋檢索，但卻製造出不少問題，如《易經》八卦中居然出現「干卦」！網路上的《成語詞典》居然出現這樣的訊息：《南唐書・馮延巳》：「延巳有『風乍起，吹皺一池春水』之句，元宗嘗戲延巳曰：『吹皺一池春水，幹卿何事？』」「干卿底事」成了文意不通的「幹卿底事」，只好再胡亂改為「幹卿何事」真是大笑話！這也是今日簡化字對古籍造成的戕害，在網路上無人管理，為害尤烈！更令現代人不知所措的是，虛擬世界已和真實世界可以相並存，三D電影真幻莫辨。造成許多孩童或年輕人寧可遁入虛擬世界中，逃避現實的生活，這才是我們該注意的。所以，如何引導下一代以清明理性的思維去運用網路資源、去閱讀生命之書、自然之書，活得健康、自然、愉快，是這一代父母、師長的重大責任。（有人藉RSS減少和自己無關的資訊，只是治標之道而已。）

六　「閱讀」的新觀念

　　至於「閱讀」的觀念，今天也大異於往昔。閱讀本來是一種個人行為，是一個人發展心智、培養人生態度、成就自我、認識環境及世

界的重要方法，現代公民都要具備閱讀能力，所以近年來各國教育都強調「閱讀力即國力」，大力推廣閱讀技巧及方法，希望全民具有閱讀習慣及能力，共組進步、優秀、強盛的社會、國家。而今，閱讀的媒介已不再局限於文字，所以各種感官（視覺、聽覺、觸覺……）均可運用於「閱讀」。而閱讀的對象亦可擴及於書本之外，如「閱讀大自然」、「閱讀歐洲」、「閱讀歷史人物」等等。所以，電影、繪畫、音樂、遊戲、旅行、運動……均可和閱讀結合。換言之，只要能增進觀察、思考、體驗的能力，都是閱讀必備的能力。所以，影像、聲音，不但不會徹底破壞文字，反而使閱讀的方式更多元。當孩子、學生陶醉於動漫、網路，父母、師長不能只抱持禁止的態度，一味憂心兒女、學生沈溺網路、疏遠書本，何不加入其中，協助下一代做更好的抉擇？

七　結語

　　回顧我們傳統文化中的箴言，如「開卷有益」、孟子云：「盡信書不如無書」、俗諺云：「世事洞明皆學問，人情練達是文章」，這些早已告知我們，閱讀本身是有益的，但必須伴隨思考、抉擇能力，以免被錯誤資訊危害，而閱讀的目的是洞明世事、人情練達，不只是製造兩腳書櫥而已！正如莊子所云，我們都是有涯之身，都是受時空局限的個體，今天的網路時代使我們突破時空限制，閱讀的行為使我們如虎添翼，不再局限於發展了兩千年的紙本典籍而已。所以，可預見的是，閱讀人口將不會如某些人預言的一直下降，而是，我們的下一代透過科技的突飛猛進將可能改變閱讀方式、改變閱讀習慣、改變閱讀對象而已！正如今日的「學習」已不再局限於教室、書本一樣。

　　這一代的父母、師長該如何協助下一代？如何將前人累積數千年

的文化精華、優美的古典作品繼續保存在電子媒體中,使其歷久彌新?如何創造更優質的閱讀內容?如何教下一代培養思辨力、慎選資訊,健康成長?這才是我們真正該關心的!

——本文原刊於《中國語文月刊》645期

附錄五
當前「華文熱」的觀察與省思

　　「華文熱」又成了當前的熱門議題。全世界各國對學習中國語文正湧起一股狂潮，其形成因素當然不止一端[1]。然而，無可否認，中國大陸近年來在經濟方面的崛起是一大重要因素。以統計資料來看，二〇〇三年大陸進出口量已達八五一二億美元[2]，且成長速度驚人。這樣強大的貿易量，對全球經濟產生的巨大影響，是可想而知的。而為了搶佔經濟利益，全球掀起學習中文的熱潮，可謂必然趨勢，尤其在這個重視知識經濟、經濟全球化的時代，華語文教學已經成了廿一世紀教育界的重要大事。身為保存傳統中文最完整的臺灣，實在應該正視這股潮流！

一　何謂「華文」？

　　目前對「華文」這一名詞有些不同定義。筆者先嘗試說明、釐清。

1　西方有許多人學外語的理由千奇百怪。如雅言出版社負責人顏哲雅女士二〇〇五年八月接受教育廣播電專訪時，說她去美國訪問時見到的現象：年逾四十的白人女子在飛機上猶抱著中文書苦讀，原因是她領養了兩名來自中國大陸的女嬰。她希望孩子不要忘記自己的文化根源，每年除了帶孩子返鄉，還親自學中文，以利自己和孩子們的溝通。這種基於「文化認同」理由的因素，當然也是華語熱形成的原因之一，但筆者認為這還不是主要因素。

2　見張作錦：〈今作浪子，明為孤兒——臺灣在經貿上排拒大陸恐有嚴重後果〉，《遠見雜誌》2005年5月號，頁32。

　　早期以國家為分界，所以有別於「英文」、「法文」……等「外國語文」，我們稱自己國家的語文則為「中文」、「中國話」、「國文」、「國語」等。而在臺灣一向以對本國人民的語文教學（即「母語教學」、「第一語言教學」）內容，名為「國語文」，至於對海外僑民或外國人士則名為「華語文」，但這個分際並不十分嚴格[3]。大陸地區則稱其本國語文為「普通話」，其國內語文教育為「漢語教學」；而教導外國學生（即「外語教學」、「第二語言教學」）則名為「對外漢語教學」。

　　近年來，由於臺獨意識高漲，有人將「中國」與「中共」畫上等號，將「方言」與「母語」畫上等號。所以，近年來臺灣地區的「閩南語」、「客家話」獨尊為「母語」，而「國語」則和「北京話」畫上等號（甚至被某些人士視為「外語」），造成一般人觀念混淆，於是，「華文」取代「中文」、「國文」、「漢語」等名詞。而且出現「對外華語教學」這樣的詞彙。

　　所以，目前所謂的「華文熱」，所指的就是以華語文作為「外語」或「第二語言」的教學熱潮。以英文表示，即teaching Chinese as a foreign/second language。亦即相當大陸所謂的「對外漢語」教學。但其實際內容也是相當多元的，下文將陸續說明。

　　一般人及早期從事華語教學者，對於「母語」／「第一語言」及「外語」／「第二語言」的分界並不清楚；華語教學領域本身的專業程度亦不足，所以很多人以為只要會說國語就可以教華語。即使現在，也有不少人以為國文系的畢業生教華語絕無問題。所以早期只要

3　例如僑委會對海外僑校所編的課本，均名為《華語文》。師大設立的一「華語文研究所」即研究對外籍人士的教學，有別於對本國中學生語文教學的「國語文學系」、「國文研究所」等。但國立台灣師範大學有一所非常有名的機構——國語中心，成立於一九五六年，專門教授來自世界各國的學生學習國語。

能說字正腔圓的京片子就是合格華語教師，許多著名的播音員因此都兼職華語教師，如中廣公司白茜如、徐謙、馬國光、漢聲廣播電台梅少文等都曾是師大國語中心的名師。

　　不過，現在華語教學（第二語言教學）已樹立了專業標準，和國語教學（第一語言教學）已顯然成為並列的專業領域。猶如ESL（English as a Second language）／EFL（English as a Foreign Language）之於以英語為母語的教學。所以在此特別先說明所謂「華文熱」的指涉範疇，其實就是指將中文作為「外語」或「第二語言」的教學。不過，本文為行文之便，有時會將「中文」、「國語」、「漢語」、「華語」、「華文」、「華語文」等名詞交錯並用，其實都是指「華文」。

二　海外華文教育的發展概況

　　大體而言，全球五大洲的華語文教學情況頗不一致。有些國家的語言政策並不支持外語教育；有些國家則非常支持，甚至納入正式教育體系。如：加拿大於一九九四年已將中文教育正式列入中小學國際語言課程之一。亞伯塔省的愛城（Edmonton）一群熱心華人家長則努力爭取在當地設立十二年一貫學制的中文教育。一九八二年設立中英雙語幼稚園，一九八九年增設初中的中文班，一九九二年擴至高中，一九九五年有了第一班完成十二年中英雙語教育的高中畢業生，首開北美地區的範例。

　　以美國為例，其華文教育大略可分為下列數類：

1 各大學及研究所

　　通常與東亞研究相關的系所，必然附設中文班，專招收該系所的大學生、研究生。目前已有八百多所美國大學設有中文系所。但其師

資屬語文教師，與該系所不一定相關。教師沒有分級及升等制度，而且通常有任期限制，終身職不多。

以美國哈佛大學為例，只有一、二位教師能得到終身職，一般聘任期最多是五年或八年。任期屆滿，必須離開。但美國有些大學也可經由一年一聘，長期執教。這些機構可算是將華文教學正式納入其學制，且培育不少高級人才，如學術界的大學中文系所教授、政治界的外交官、商界的國際貿易人才等。

2 高中選修班

這是基於高中生選修外語的政策，每個高中生均須修外語而開設的中文。從一九九五年開始，各州均將中文納入第二語的課程，（猶他州還立法通過中文為中學必修課），所以對華語師資需求量突增。一九八七年開始，全美高中的中文教師組成「全美高中中文教師協會」（Chinese Language Asscoiation of Secondary Schools，簡稱CLASS）一九九四年又加入小學中文教師，改稱「全美中小學中文教師協會」（Chinese Language Association of Secondary-Elementary Schools），仍簡稱為CLASS。他們定期聚會，研討教學問題，是正式教育體制內的華語教學。

3 中小學的雙語班

為了因應移民需求，在國民教育的中小學階段設有雙語班，以中文授課，但其目的並非為了保存各祖語文化，而是為了使移民早日回歸主流的英語班。在美國麻州甚至規定，就讀雙語班不得超過五年，這種班級也算是正式教育體制內的一環。

4　僑校及臺北學校

僑校發展歷史悠久，主要是熱心家長推動。在僑界頗有影響力，使移民在異國環境中凝聚彼此及對母語文化的認同感。有的已有百餘年歷史。臺北學校則是近十餘年因應臺商子弟需求而設，主要在大陸及東南亞等地。目前，這些學校有些也是經當地政府認可、屬學制內的學校。

5　中文學校（又稱中文班、週末班）

這是我們常聽到、也較熟悉的海外華語教學。通常是利用公立學校的建物，在週末開班，教授華裔下一代的中文。師資幾乎都是熱心家長。有的開車數小時，送子女去中文學校。早期使用的教材都由僑委會提供，近年則改變甚多，因為大陸移民日增，有些改用大陸國內教材，連進度都一樣，以利返國時與國內課程易銜接。依一九九六年全美中文學校聯合總會的調查報告，全美有六三四所中文學校，六九四二個班級，學生總計八二六七五名。近年此數字迅速成長中，依僑委會二〇〇三年資料統計，中文學校已達八三四所，學生約十一萬多名，目前由於大陸移民日增，更呈迅速成長的興盛期。但這些學校並不算是正式教育體制內的學校，所以教師相當辛苦，要思考各種吸引學生的上課技巧，學生大多欠缺內在學習動磯，上學的目的有時只為了交朋友，通常唸到六年級就拒絕上學了。幸好現在高中選修中文班日增，「中文」已列入升大學的重要條件。（一般名校，外語能力是入學條件之一。）加上全球華文熱，已可增強學生的學習動機，而中文學校為促進教學資源交流，成立全美中文學校協會，目前已達二百多所，遍及全美四十一州。

6 為培養外交、軍事、情報人才而設的中文班

例如麻州就有一所退伍軍人的中文班。有些這樣的學校則直接設在母語國，如臺北陽明山即有一所。

以上以美國為例，作簡略的分類，主要說明海外華文教育事實上是頗多元化的。有些是隸屬大學、中小學的語言教師，但有些則並不屬於正式教育體制，大部分華文教師都是另有正業者。

若有志從事華語文教學的年輕人可能要先認清這個事實，以免憧憬過多，以為和一般國語文教師一樣，工作穩定，反致失望。相對的，沒有固定保障，挑戰性高、可以接觸異國文化、社會人群，華文教師倒是值得考慮的行業。

事實上，全球各地華文教育的差異性頗大，例如華裔最多的東南亞地區與美國又不同，以印尼為例，僑校發展最盛期（約當一九五七年），僑校約二千多所，學生約四十二萬餘人，後經內戰、排華，造成三十萬華僑子弟嚴重失學問題，一九六五年印尼嚴禁華文，一九九一年才同意設「臺北學校」。而馬來西亞則有六十所獨立中學，大馬政府承認臺灣醫科文憑、大筆資助沙巴州中文小學、一再承諾協助華僑政策不變等等，主要是其師資多來自臺灣的培訓，通常華人本身的經濟力量及左右政局的程度是華文教育興衰的一大關鍵。

歐洲地區雖移民晚且數量少，但華文教育由於十七、八世紀基督教會傳教士與中國社會接觸之故，發展甚早，且十分蓬勃。一八一四年十一月二十九日，法王路易十八批准在法蘭西學院創設「韃靼滿洲語言文學教授講習」，使漢學成為高等學府的一門學科。這是全世界最早的華語教學課程。當時將所有與中國文化、語文研究相關的學問都稱為「漢學」，其實，「漢學」原來是法國耶穌會教士有關中國文化研究的統稱。後來語言學研究被視為「漢學」，而與實際的漢語教學

成為不同領域，一直影響到今天的華文教學界，以研究為主的「語言學家」及以教學為主的「華文教師」之間是涇渭分明的。

　　由於法國首開風氣，影響歐美地區甚鉅，如一八五一年俄國也設漢學課程，一八七六英國繼之，同年，美國耶魯大學首開中文課程（但無學生），次年才有，一八七九哈佛由大學中國浙江聘請一位戈鯤化先生，首開中國人在美國高等學府教授中文之先例，算是第一位由本地禮聘至美國的華文教師。

　　法國本身則於一八四三年由東方語言學校設立了第一個現代漢語教授職位。一九五七年巴黎大學文學院成立了中文專業（一九六九年轉為巴黎第七大學中文系），一九五九年正式設立漢語學士學位，一九六六年舉辦第一屆中文專業的中學師資合格證書會考。法國的華文教育自初等、中等、高等均有。一九八四年，四十餘位漢學教師在巴黎第八大學成立「漢語教師協會」（A.F.P.C），會員包含小學、中學、大學、高等專科學授、民間協會的教師，至一九九四年已有一百三十多名會員，同年。該協會辦理首屆「漢語水平考試」[4]。

　　歐洲另一歷史悠久的華文教育重鎮是英國，二次大戰前即有華文小學。一九九〇年時，約有一百十一所中文學校，學生約一萬一千餘人，其中以粵語班為多。德國許多大學都設有歷史悠久的漢文系所，如海德堡大學、慕尼黑大學、美茵茲大學等。一九九〇年止，僑界設立的中文班有十二所。荷蘭著名的漢學中心就是萊頓大學中文系所。荷蘭的中文學校約四十餘所。歐洲華文學校的特色是收費低廉，甚至有免費的，所以都有社團支持。

　　大洋洲地區，近年紐西蘭、澳洲的華文教育由於大量華人移民及

4　白樂桑：〈法國漢語教學透視〉，收入《第四屆世界華語文教學研討會論文集》（教學報告組，1994年）。

政府多元文化政策下，蓬勃發展。一九八六年，澳洲聯邦政府「全國語言政策」在全國中小學推廣「九種對澳洲有利益的語言」，中文列名其一。一九九五年成立澳大利中文教師聯會，辦理不少活動。

非洲的南非共和國過去與我國邦交甚篤，經貿往來密切，南非大學亦設有中文課，一九八九年由師大國語中心的名師羅家瑞負資中文遠距教學，頗有成效。

以上簡略介紹中，雖多屬歷史概況，但我們大致可看出中華子孫遍布全球，所造成的海外華語文教育概況。若以市場機制來看，這是一個多麼龐大的教育市場，非常值得我們重視！

三　海內華文教育概況

此處所指的是海峽兩岸的華語文教學。

（一）大陸地區

大陸從一九五〇年七月清華大學設立「東歐交換生中國語文專修班」算起，已有六十餘年的發展歷史。但真正重視對外漢語教學，應是一九八七年由八個政府部門（現增為11個）聯合成立「國家對外漢語教學領導小組」，各省市也成立其分支組織，才算具體推動對外漢語教學，尤其規定教師必須通過統一的資格考試，更使華文教育走向專業發展之途[5]。換言之，二十世紀八〇年代以後，大陸的對外漢語教學可謂飛躍進展，成果豐碩。大體而言，有如下因素：

5　陸儉明：〈21世紀對外漢語教學〉，《中文教學理論與實踐的回顧與展望》（臺北市：師大書苑，2005年），頁33-41。

1.由國家力量主導

有了國家對外漢語教學領導小組這樣的專職機構，政令齊一，資源自然集中，收效不言可喻。全國有近四百所大學設有長期、短期對外漢語教學課程，連一些中學都積極加入，二〇〇一年統計到中國大陸留學的外國學生已達六萬餘人，著名大學都是千人以上。另外，建立博士班和國家重點學科，建立國家級人文社會科學重點研究基地——對外漢語研究中心都發揮了極大的影響力。

2.設立國際型專業大學

將著名的北京語言學院改立為北京語言文化大學，又擴展為北京語言大學，與世界著名大學建立合作關係，實乃一成功模式。

3.積極培養師資，建立證照制度

這樣的制度，使得師資培育有正常管道，有公開的認證，極有利於教學發展。

4.漢語水平考試（HSK）

有國家級標準化考試，不但財源廣進，也主導了教學方向，使簡體字、漢語拼音成了華文教學界的主流。

5.設立對外漢語教學基金

該基金用於國際交流合作及師資培訓，頗有績效。

6.加強理論研究及教材編寫

從應用語言學角度，視對外漢語為一種專業，已有不少專業研究人才在語音、語法、語義方面展現成績。另外，採「一綱多本」政策，編纂自初級、中級、高級，適用各方需求的系列教材。

（二）臺灣地區

與大陸的積極態度相較，反觀臺灣地區，自一九五二年已有專業

華文教育的社群[6]，但一般公認正式的教學機構是國立臺灣師範大學於一九五六年成立的「國語教學中心」（Mandarin Training Center，簡稱MTC），所以其成立算是臺灣華文教育正式的開始。由於臺灣是中華民國領土下唯一的民主自由地區，當時來華留學者多數選擇臺灣，造就不少人才。但是近年來卻忽視華文教育的重要，以致今天反有倒退之虞！因為臺灣至少在一九八九年以前，華文教育都是遙遙領先大陸的！舉例而言，官方的僑委會為海外僑校編纂的十二冊教科書及相關各類華語教材，包括錄影帶、錄音帶、CD、DVD等、還有各種文化教材、叢書……，對海外僑校及中文學校可謂助益良多！而師大國語教學中心全盛期，一年有來自全球五十餘國的學生（遠超過與臺灣有正式外交關係的邦交國數），英國著名的牛津、劍橋大學甚至規定其東亞系學生必須來師大國語中心進修，方能畢業。日本三菱公司定期派員至國語中心進修，且成群而來。國語中心畢業生中有外交官、美國國務院官員、大學教授等等，對西方漢學界影響甚大！「師大國語中心」也因此享譽全球，成了一塊金字招牌。至於民間方面，由於中華民國退出聯合國，一群學者秉持書生報國的理念，於一九七二年成立了「世界華文教育協進會」（後改名為「世界華語文教育學會」），出版《華文世界》季刊[7]，並舉辦世界華語文教學研討會、僑民教育學術研討會等，邀集全世界各地的華文教師每隔三年聚會一

---

6 據筆者所知，當時有不少由大陸來台的學者專家從事國語教學，學生中有不少人是外國來華留學生。教師中著名的有王壽康教授、毓鋆等。值得一提的是，毓鋆以滿清遺老的身份，在溫州街自宅以私塾方式教授中文典籍、中國文化、思想等，被譽為「毓老」，外國學生則口耳相傳，爭相接受他的教導，後來許多都成了著名漢學家，如哈佛大學東亞所著名的Peter Bowl教授等。毓老至今已是百歲以上的人瑞，多年來教學不輟，最近兩年才停止上課。類似這樣私人授課的方式，在臺灣華語教學界頗盛行。若以之視為華語文教學之濫觴，那麼臺灣的華語文教學早於大陸。

7 可惜發行至96期因財務因素停刊，數年後才復刊。不過，二〇〇四年六月又出版《華語文教學研究》是一本專業的學術期刊，有不錯的影響力。

次，研討教學問題，成績斐然，至二〇一四年已舉辦第十一屆研討
會。該會並帶動後來大陸、美國、德國、新加坡、香港等相繼召開類
似會議，影響全世界華語文研究風氣，對華語文教學研究甚有貢獻。
民間華語文教學機構如「中華語文研習所」（一九五六年成立），「國
語日報語文中心」（一九七三年成立）對臺灣的華語文教育也頗有貢
獻。由美國十一所大學聯合設立在臺灣大學校區的「史丹福語文中
心」，也培育甚多人才[8]。一九九五年，國立臺灣師範大學成立了國內
第一所培育華語文師資的「華語文教學研究所」，招收碩士班學生，
二〇〇三年開始又招收博士班研究生，迄今已有一百餘位畢業生。一
九八四年，臺灣大學文學院語文中心國語文組除設「華語研習班」，
也有「華語師資研究班」。事實上，早在一九七七年，世界華文教育
協進會即辦理「華語文教學師資研習班」，結業學員遍布海內外，對
華語文師資培育有相當的貢獻。

　　雖然臺灣於民國九十二年（2003）在當時行政院游院長的指示下
成立「國家對外華語文教學政策委員會」，並於同年十二月十一日召
開第一次會議。該委員會是一個跨部會組織，成立目的是集中資源，
達到內部統合功能。但可惜的是由於國家語言政策欠明，「國語文」
的觀念混淆，甚至某些委員從不開口說「國語」，如何真正落實華語
文教學？

　　尤其隨著時代改變，華語文教學界面臨的老問題始終未能解決。
那就是華文教師的定位問題，教育部始終不願正視華文教師的地位，
多年前，師大國語中心教師曾採用抗爭手段，最後失敗，領導抗爭的

8　可惜二〇〇〇年以後被民進黨政府強迫收取積欠數十年之租金，遂移至大陸的清華
　　大學校區，所幸原址改為「國立臺灣大學國際華語研習所」，改招一般學生，繼續
　　維持華語教學，自二〇〇〇年起且和文學院語文中心中國語文組合辦「華語文師資
　　研究班」。

教師被迫離職。目前華文教師既非中學教師、亦非大學教師、亦非勞工，可謂妾身未明，這將如何吸引年輕新秀投入此行業？如何提升師資水準、建立證照制度？如何發展華語教學的研發工作？雖然今天全臺灣各公私立大學附設華語文教學中心的已達十六所之多（臺師大、輔大、東海大學、逢甲大學，成大、政大、淡江大學，文化大學，靜宜大學、中山大學，臺大、佛光大學，文藻學院、銘傳大學、中央大學、慈濟大學等），且已有「世界華語文教育學會」、「臺灣華語文教育學會」等專業社團組織，而分布於各公私立語文中心執教的華文教師也有約四千餘之眾，但他們仍處於定位不明的狀態。加上現在新師培法造成中小學各科流浪教師日增（據說已達十萬名以上，且持續增加），要解決華文教師身份問題就更加困難了。筆者認為這是當前臺灣華文界最應正視的問題。因為師資問題將造成未來華文教學無以為繼的困境。筆者呼籲教育部應重視、並解決之，否則將坐視對岸蓬勃進展。而臺灣華語教學界日益萎縮！

所以，當前海內華文教育正顯現出強烈對比：一進一退、一升一降、一強一弱，值得我們正視！其實臺灣有極佳的歷史經驗與競爭條件，我們擁有的優勢是：保有傳承中華文化的精華——正體字，與現代化優勢——民主自由的政治制度。我們可以引領大陸的走向，使其放棄簡體字、放棄一黨專制政體，使其納入人類和平的大家族中，我們為何要放棄自己手中的王牌？還有，我們有許多堅守崗位的、深具使命感的華文專業人才，例如「世界華語文教育學會」的董鵬程先生，以推廣華文教育為其畢生職志，我們何不掌握自己手中的這股力量做為再出發的最佳資源？

四　從全球華文熱引發的思考

筆者曾任教於師大國語中心，接觸過來自歐、美、日、韓、印尼、馬來西亞等國的學生；也擔任過《華文世界》編輯多年，接觸過全球許多華語文教師，並曾旅居美國、加拿大六年，親睹兩國的華文教學實況。旅行、參觀過許多國家的華語文教學機構，如挪威、英國、法國、德國、匈牙利、與地利、蘇俄、日本、韓國、新加坡、印度等等，個人對各地的華語文教學留下深刻印象：只要有中國人的地方，幾乎就有華語文學校（一般稱「中文學校」）。簡言之，在世界各地都有炎黃後裔，努力傳承華語文及中華傳統文化。

所以，全球華文教學，若以「移民」的角度視之，其實是一直都存在的現象，就像中國餐館一樣，是遍布全球的、隨著炎黃子孫的足跡而存在的。有許多令人感動的現象。如歐洲地區，位於北歐的挪威奧斯陸大學，就有中文部，多年來皆由一位來自臺灣（祖籍大陸），已入籍挪威的老師主持。而奧斯陸也有全球緯度最高的中文小學，學生使用來自臺灣的教材。比利時有一所非常古老的中文小學——建校一百廿餘年的中山小學為紀念國父革命成功而命名。美國波士頓是國父孫中山先生奔走革命時期的海外據點之一，市區有一所一九一六年建立的小學，以粵語教學為主，迄今仍弦歌不輟，每年參與中華民國雙十國慶活動，並不理會海峽兩岸政局的變化。印度孟買一家中國餐廳的侍者，能以流利的潮州話與人對話，並說「得自家傳」，其祖父在家教中文。蘇俄莫斯科大學的東方語文系，有許多一口京片子的蘇俄師生，令人訝異！這些例子說明了學習華語其實並非突然而起的浪潮，只是目前受經濟力量影響，學習者的數量有快速、大量增加的趨勢。另外，伴隨中共在國際舞臺崛起，以致令人有刮目之感！

筆者認為今天華文熱的現象，最值得注意的是許多國家已將華語教學納入正式教育體系。筆者曾於一九九九年撰文〈從多元社會觀點看全球華語文教育背景及學習環境概況〉，依據的是一九九七年中華民國僑務委員會統計資料，當時全球華僑人口約三三二四萬人，分布於五大洲。如今隨著時間的變化、世局的改變，這些數字已有變化，如二〇〇四年，華僑人口約三七四七萬人。而最大的變化是學習華語成了世界教育熱潮，已不僅限於華裔社群，尤其許多國家已將華語列入正式教育體系。以美國高中教育為例，高中生有選修外語的制度，一般都是選修西班分文、法文、德文、日文等，但一九九五年起，各州均將中文納入第二語選修，所以全美約兩千四百所高中，粗估至少需要五千名華語文師資，而由於華語選修人數快增加，目前已成了第三大通用外國語，僅次於西班牙語、法語。有些州（如猶他州）甚至已立法通過華語為中學必修課。而美國大學一九九二年的統計，約一七〇〇多所大學，已有五六五所開設中文課程，一九九五年正式註冊修讀中文課的學生已達二六四七一名[9]。英國政府自二〇〇四年開始，每年撥款一百萬英鎊鼓勵本國人學習中文。日本一向重視華語，各大學均設有漢語科系，韓國近年掀起華文熱，二百多所大學中，至少三分之二的大學設有中文課，據說中文系的入學成績高於英文系，中文受重視之程度可見一斑。近年又熱衷於參加漢語水平測驗，每次測驗的參加者可多達數十萬，比臺灣參加英檢者還多[10]！越南也有類似的華文熱，越南學者甚至認為華語文是越南的文化根源[11]。澳洲政

9　李振清：〈藉國際性學術合作進行華語文師資培訓之探討〉，收入《第五屆世界華語文教學研討會論文集》（教學應用組），頁531-540。

10　鄭錫元：〈漢字在韓國——試論最近韓國漢字熱潮〉，漢字與全球化國際學術研討會，2005年1月28日，臺北。

11　吳德壽：〈漢字對現在越南文化之影響〉，漢字與全球化國際學術研討會，2005年1月28日，臺北。

府在多元文化政策下，早在一九八七年就補助了全澳四十九所中文學校澳幣三三九九九〇元，六年內，聯邦政府為提倡亞洲語文，用了六億澳幣，中文已成外語教學主流之一。一九九六年，學中文者人數超過學日文者，二〇〇四年，人數已和學法語者不相上下。非洲地區如埃及、突尼西亞等國已設有四年制中文專業課程，有的已有中文碩、博士班，南非共和國的南非大學是一所獨立的遠距教育大學，中文課附於「閃語系」之下，一九九三年即以遠距教學的方式教授中文[12]。

五　結語

總之，今天這股學習華文熱潮，足令我們憂喜參半。喜的是華文將可能成為國際強勢語言之一[13]；憂的是帶動這股熱潮的是中國大陸，而無可諱言，大陸使用的是簡體字、漢語拼音，我們使用的是傳統正體字及注音符號。尤其兩岸政治上的多年分裂，在制度、觀念上造成的差異，對一個學習華語者及教學者而言，這都是首先將面臨的困境，我們該如何因應，才不致於錯失發展良機？

其次，值得我們思考的是華語教學本身的問題，例如：師資該如何培育、如何認證？教學效果該如何評量？中文語言教學的理論系統（包含語法、教學技巧）該如何建立？過去華語教學師資的培訓單位多半都是短期訓練班（workshop），許多華語教師本行並非中文，所接受的訓練往往流於皮毛，誤導學生，造成初學者根基淺薄，受害匪

12　羅家瑞：〈南非大學為遠距離學習者提供以遠距離教學方式，教授中文課程的發展〉，收入《第四屆世界華語文教學研討會論文集》（教學報告組），頁12-19。

13　二〇〇四年六月十一日的中國時報刊登英國語言學家David Graddol的預言：二〇五〇年，全球最普遍使用的語言將是華語、印度語、阿拉伯語。未來十年新的必學語言是華語。英國泰晤士報也刊登類似的訊息；英國人沃森於二〇〇二年擔任歐洲議會議員期間也預言：二十一世紀，中文和英文將成為全球最主要的兩種語言。

淺。目前大學已有華語文研究所,但在教學研究方面仍嫌不足,宜再
加強!此外,華語文能力評量部分,美國ETS已有SAT II的評量測
驗,大陸的漢語水平考試(HSK)也行之有年,造成不少考試領導教
學的現象,我們是否也該爭取在評量測驗方面應有的地位?而華語語
法方面,筆者只見百家爭鳴、各執一端,迄今未見一套大家共同肯定
的理論系統。或許有人認為:學術不宜定於一尊,應容許各家學說並
存,但筆者以為:至少一些專有名詞術語應加以統一,以減少教學雙
方的困擾。

　　第三,就是新的教育思潮及電腦科技對華語文教學產生的影響,
值得我們正視。[14]科技是輔助教學的工具,其利弊操之於使用者。無
可否認,未來將是e-learning的世界、網路的時代,我們應以正面立場
視之。尤其臺灣的資訊界正積極推廣e-learning,但並未廣納語文教學
界的專家參與,任由科技人才主導。就像中文電腦的輸入法,如:倉
頡輸入法、嘸蝦米輸入法等,使傳統「六書」觀念破壞殆盡,反而要
靠注音、拼音,使中文字「形音義合一」的特色完全消失,也造成一
些重視方言教學的人,誤將傳統中文的特色棄之不顧,使方言成了新
的拼音語言,撕裂族群情感。筆者認為今天電腦媒體對華語文教學的
影響是所有華語文教育界人士應正視的!

　　　　　　　　　　　——本文原刊於《國文天地》第21卷第5期

後記

　　今天的華語文教育界又有了新貌!

---

14 周質平教授在〈流利與準確:近二十年來美國對外漢語教學評議〉一文中,提出
　「科技萬能?」對此頗有貶意。本人不表同意。

　　例如教育部有「邁向華語文教育輸出大國八年計畫」，雖然規模遠非大陸可比，且缺乏策略，但至少堅守華語文教育市場則是值得肯定的！所謂八年指的是二〇一三年至二〇二〇年。教育部視華語文教育為「一種產業」。

　　至二〇一四年的資料顯示，全美國約一千六百多所中學及大學內開設中文課程。而法國最新的統計是約十萬人學華語。日本的中學約八成開設初階中文課。這股浪潮正方興未艾，值得我們正視！

附錄六
語文教育與文化命脈
──從天安門廣場設立孔子塑像談起

　　本期〈我們的話〉以憂喜參半的心情提出我們對〈孔子回來了〉的看法。喜的是，海峽兩岸都共同肯定儒家文化在廿一世紀的存在價值，尤其是曾經「批孔揚秦」、「批林批孔」的中共政權重新肯定中華傳統文化的核心價值，的確值得大書特書；憂的是中共是否僅僅利用孔子的圖騰而已，並未真正了解儒家文化的真諦，特別是孔子的淑世精神、仁民愛物的情懷、溫柔敦厚的禮教人倫、對傳統文化精華的維護尊重。期盼中共當局能先從恢復傳統文字著手，使這一代的中華子孫不致分不清「胡適」和「南宮适」並非同名者，「早生華髮」和「雄姿英發」中的此「髮」非彼「發」！

　　民國百年一月十三日《聯合報》以頭版新聞報導〈天安門廣場，孔子回來了〉！令人不得不承認這是具有重大文化與政治象徵意義的事件。有人認為這代表中共當局全面恢復中華文化的決心並爭取文化正統的論述權。

　　原來，民國百年一月十二日，在北京天安門東側的歷史博物館北側門前，矗立著一尊高達九點五公尺的孔子塑像，青銅鑄造的孔子塑像雙手合於胸前，隔著天安門前的長安大街，望著紫禁城，也望著天安門入口上端的巨幅毛澤東畫像。

　　回顧毛澤東發動的「文化大革命」（自1966-1976年毛澤東去

世），主要就是「批孔揚秦」，欲徹底毀滅以儒家文化為主的傳統文化。而今，當權者卻迎來了孔子銅像。塑像作者吳為山，現任中國藝術研究院美術研究所所長、中國雕塑院院長、英國皇家雕塑家協會會員。他花了將近一年時間製作。他表示，「在社會轉型時期，我們需要建立一種文化豐碑，傳承以孔子為核心代表的中國傳統文化。」不到半世紀的時間，宛如滄海桑田之變，引人深思！

　　大家都知道，近年來隨著經濟力量的突飛猛進，大陸掀起了「國學熱」，回歸傳統成了新的潮流。國際間也產生了「中文熱／華語熱」，中共並已在全球九十六個國家設立三百廿多家孔子學院，如今，孔子不僅是一座銅像，也成了新的文化圖騰。孟子推崇孔子為「聖之時者」，洵然！

　　面對這樣的現象，我們當然表示歡迎。但同時也要指出，「打倒孔家店」，是民國八年五四新文化運動的口號，始於百年以前西方文明與中國傳統文化衝突，知識份子省思之後提出的應變之道，有其更深層的文化歷史。它造成了中共取得政權後，長達十年的文化浩劫，中華文化傳統幾乎面臨滅絕的危機，以文字而言，改為簡化字；以思想觀念而言，儒家重視的家庭倫理、價值，全成為「四舊」（舊思想、舊文化、舊風俗、舊習慣）。

　　「破四舊」是一場集體的人性瘋狂，在年幼無知的紅衛兵行動下，其後果令人驚心，至今猶無法確切統計。以具體的古物浩劫為例，一九五八年北京市第一次文物普查時，約有六千八百四十三處古蹟，而毀於「破四舊」名下的約有四千九百二十二處。最令人痛心的是有一群紅衛兵於一九六六年十一月九月至十二月七日，不到一個月中，毀壞文物六千餘件，燒毀古書二千七百餘冊，字畫九百多軸，破壞歷代石碑一千餘座，包括國家一級國寶七十餘件，珍版書籍一千多冊。全國遭破壞的文物實不可勝數。更值得正視的是，傳統儒家文化

中溫柔敦厚的人際關係、以孝道思想為基、緊密親切的家族關係、以儒家「居仁由義」為核心的人生觀，在馬列「鬥爭」理論下完全遭到破壞。在共產思想唯物辯證的理論下，宗教信仰、傳統禁忌，全成了棄之而後快的廢物，一直到今天，大陸人民猶無法享有宗教信仰的自由！（如法輪功信徒今天仍被視為洪水猛獸）

　　所以欲重建中華民族的心靈世界，至少尚需百年光陰，因為人性中最根本的信賴、善意，在文革中慘遭蹂躪。以今天人際關係為例，社交時的「敬稱」、「謙稱」等禮貌，大部分人渾然不知，只好套用西方「親愛的」、「尊敬的」來表達，甚至使用軍隊的「敬禮」。「同志」曾經是人際間唯一的頭銜，夫婦關係則只有「愛人」一詞。一個曾有博大精深、燦爛文明、極度重視禮教的中國社會，居然在人際稱謂上如此貧瘠可憐！更不用說傳統文化累積的深厚語文涵養，儒道釋思想融鑄而成的人生修養，欲全面恢復，非假以時日不為功！

　　其次，我們要指出，孔子一生未嘗居高位、擁權柄。他的不朽地位來自他的人格道德與思想。他三歲失怙，父母婚姻在司馬遷筆下是「野合」，他自己離異的婚姻是後代儒者避談的禁忌。這樣的人生際遇卻使他思考出「修齊治平」的人生理想及弘揚人性善念的儒家理論。這種「超凡入聖」的偉大，令人肅然起敬，千古不衰！然而，我們也不能否認，歷代專制帝王深諳利用之道，政治上的「陽儒陰法」使儒家在五四運動中成了被攻擊的活靶。

　　從孔子的諡號，可看出孔子「聖化」的過程。孔子一生原想施展政治抱負，可惜周遊列國，沒有賢君重用他，終於以作育英才為其志業。他過世後，魯哀公尊稱他為「尼父」（西元前478年），漢代司馬遷《史記》將其列入〈世家〉，後世遂譽之為「素王」。以後，歷代有各種尊稱，其中，明世宗嘉靖九年（1530）封他為「至聖先師」，這是後世最常用的尊號。一直到清世祖順治二年（1645）又詔封他為

「大成至聖文宣先師」。他的後代也蒙受其蔭，自孔鯉受封為「泗水侯」，至宋真宗以後，其四十六代子孫受封為「衍聖公」，此封號一直延用至七十七代子孫孔德成，中華民國時代仍享有特任官待遇。不論執政者為誰，歷朝歷代都一致「尊孔」。元朝及清朝，皇室還和孔府聯姻，以示禮重！雖然可看出歷代君主對他的禮重，目的並不單純，但孔子對中華民族及全人類的貢獻，正如宋人普遍推崇的「天不生仲尼，萬古如長夜」，誠可謂當之無愧。而孔子也由一個凡人，被後代君王一再追封，終至成了「至聖先師」，成了「聖人」（今天簡化字成了「圣人」）！

今天，在中華民族史上唯一批鬥過孔子的中共，於天安門前重塑孔子雕像，宣示「孔子來了！」若不能真正恢復儒家傳統文化的仁道精神及傳統文字，面對「圣人」這樣的奇怪符號，孔子本人不知將有怎樣的反應呢？

——本文原刊於《中國語文月刊》第644期，2011年。

後記

天安門前矗立的孔子塑像，據董金裕教授面告，尚不及一年就收藏至毫不醒目處。果然不出所料！文化的破壞容易，而文化重建則有賴時間的積累及人類觀念的改變，誠非易事！語文教育的目的就是維護文化命脈！我們期盼廿一世紀兩岸的中國人能真正在內心迎回孔子溫柔敦厚、居仁由義的核心思想，並落實在日用人生中！

附錄七
兩岸共同合作整理文字的時代已來臨

摘要

　　二○○六年三月二十二日，中共國家語委諮詢委員會委員、前國家語委副主任、中國應用語言學會會長陳章太，代表中共教育部就《漢字簡化方案》發佈五十週年答覆記者詢問時，表示：「據聯合國一個規定，從二○○八年後，聯合國使用的中文一律使用簡體字。現在是兩種文本，繁體字和簡體字都有[1]。」

　　經過全球中文媒體轉載，引發一場全球華人護衛傳統文字的「繁簡文字」論戰，包括傳統漢字申請列入必須受保護的人類文明遺產等具體行動。後來證實這是一場「烏龍事件[2]」，但漢字的簡化問題，再度成為學術界爭議的焦點。事實上，早在一九三五年八月二十一日，中華民國教育部就頒布了《第一批簡體字表》及「各省市教育行政機關推行部頒簡體字辦法」，次年二月即宣布廢止[3]。所以一九四九年國民政府退居臺灣一隅後，在臺灣仍推行傳統的文字教育迄今，與一九五六年中共大力推行的「簡化字」形成「一國兩制」。今天資訊科技

1　見《中華人民共和國教育部網站》、《人民網》、《中國網》及報章媒體報導等。
2　陳章太自承其所依據的是〈2005年世界主要語種、分布和應用力調查報告〉，並非聯合國公布的正式文獻。
3　本文參考引用之《第一批簡體字表》，感謝林中明先生惠贈影本。原件由王志成教授珍藏。請參見本書〈附錄八〉。

發達、大陸經濟起飛、全球掀起「中文熱」的浪潮，繁簡字的問題，必須得到解決。本文提出兩岸可共同合作，在《漢字構形資料庫》的基礎上，解決漢字整合問題。

前言

　　漢字的繁簡問題，過去五十餘年一直是政治問題的一環，也是重要的政治圖騰。不僅兩岸以此各守立場，也波及全球華人圈。如香港九七回歸之後，簡化字大行其道。更早的新加坡、馬來西亞等國的華文教育，隨著主政者政治立場的轉變，漢字教育由傳統正體字轉成以簡化字為主流，傳統文字的老招牌反成了孤臣孽子。

　　今天資訊科技發達、大陸經濟起飛、全球掀起「中文熱」的浪潮，繁簡字的問題，必須得到解決。因為所謂「中文熱」潮流下，學習漢字是第一件要事，而初學者立即面臨的將是學簡化字？或傳統的正體字？這對全球的教學者、學習者而言都是一大困擾。至於學習簡化字之後造成的種種問題，或如何更深入的與傳統語言文化銜接？又是一大難題，例如中文系、中文研究所、歷史系、考古系的師生，不論海內外，都必須精通「繁體字」，否則在理解文本時必然出現問題。還有，隨著網路傳輸系統的發達，漢字在電腦中存取使用問題日益重要，因為這將影響大量訊息的理解及傳遞。筆者認為：漢字是承載數千年中華文化的工具，不應成為政治的圖騰，不論兩岸關係及政治立場如何，這是兩岸學者及政治領導人必須正視的問題。

　　如果從高瞻遠矚的角度來看，兩岸共同合作整理文字的時代已來臨！逃避歷史責任，只會付出更多無謂的代價而已。

問題癥結所在

　　文字本身即有自然演變的現象，語文規範往往是約定俗成的，所以中文從甲骨文演變至楷體，數千年來一脈相承，似乎並無什麼對立、爭議的現象，今天若尋根溯源，可以窺其脈絡，許多古代經典今日仍可閱讀，這是任何西方文字難以望其項背的特色。但中共於一九五六年一月二十八日經國務院全體會議第二十三次會議通過、一月三十一日由《人民日報》正式公布的《漢字簡化方案》，後來雖經數次修改，為何引起所謂「中文繁簡之爭」？且歷時五十年之後，仍無法挾其強大的政治力量，令全球華人口服心服、一體通行？這必然有些癥結所在，必須深究、解決。

　　主張「簡化字」的學者，常喜引用中華民國二十四年（1935）八月二十一日公布的《第一批簡體字表》來證明中共並非唯一主張簡化字的政權。

　　誠然，簡化字其實是漢字形體自然演變現象之一，古稱「破體」、「小寫」、「簡易字」、「簡字」、「簡寫」、「簡體字」、「手頭字」、「俗體字」、「俗字」……等等，但近代中共則是以政治力量、有意識的對漢字字形作改革，由於其動機不純正，目的是毀滅漢字，而非整理漢字、教育廣大人民，減少文盲，以致破壞了自漢代小篆隸定之後通行迄今的六書系統，也造成了今天的漢字問題。這一定要特別先提出說明！許多盲目擁護簡化字者常分不清簡化字受人詬病的癥結何在？以致流於立場及情緒之爭！

　　至於民國二十四年公布的《第一批簡體字表》雖收錄當時較通行的、且是從錢玄同所編的《簡體字譜》中選出的三百二十四字，但該《字表》公布後，遭戴季陶極力反對，所以民國二十五年二月國民政

府即宣布廢止。當時廢止的理由當然有其時空背景。而值得注意的
是，其《簡體字表》中，本身即特別規定並解釋某些「簡體字」不可
使用，如：

二、本表對於用同音假借之簡體字，別擇極嚴。必通用已久，
又甚普遍，決不致於疑誤者，方采用之。如异、机、旧、丰
等，其有偶用於一地者，如北平以「代」為「帶」，閩、廣以
「什」為「雜」，蘇、浙以「叶」為「葉」等，又如藥方中以
「姜」為「薑」，賬簿中以「旦」為「蛋」等，皆不采用。

其中第三條特別值得注意：

三、左列三種性質之簡體字，皆不采用：
1.賬簿藥方中專作符號用者，如「初」作「刀」、「月」作
「刂」、「兩」作「刃」、「斤」作「1」、「分」作「卜」
2.一體作數字用者，如「广」代「廣」又代「慶」，「卩」代
「爺」又代「部」
3.偶見之簡體字尚未通行者，如「漢」作「汉」、「僅」作
「仅」。

此外，對偏旁是否可簡化？《第一批簡體字表》中也有明確的說明：

四、偏旁如言、鳥、馬、糸、走……等，本可采作簡体，但如
此一改則牽動太多，刊刻費時，今求簡而易行，故此等偏旁，
暫不改易。

這些不可使用的簡體字，大致有下列特徵：

一是用一字取代多字，而被取代的字，並未消失，仍在日常生活中使用，有其音、義。如「叶」可用於「叶韻」（通「諧韻」），這是創作古典詩詞時的重要詞彙，並未消失。

再如「干」可代替「幹」、「乾」、「榦」，而「干你什麼事？」在日用口語中仍存在！二是字形過於相似，筆畫若連用時，幾乎難以分辨！如「设」與「没」、「汉」與「仅」之類。

三是以部分字形代替全體，完全失去六書造字的特色。如「亲」代「親」，俗諺遂出現「親不見」的諷刺順口溜。

然而，中共於一九五六年推行的「簡化字」，卻將這些有爭議、易混淆文義的字，全部納入且成為「簡化字原則」之列！更令人側目的是無中生有、自製一批新字，套用林中明先生之言，這些字根本是「簡訛字[4]」！如「尘」取代「塵」、「卫」取代「衛」、「华」取代「華」……等等，其所產生的謬誤、混亂，自然可以想見！即使百般辯解，後遺症依然存在。因為這批簡化字，已破壞了自漢代以來即建立的「六書」系統及自宋代印刷術發明後，漢字書寫字形已具有自然規範的傳統。正體字不是國民黨的專利，更不是該黨發明的！它至少已緜延千餘年，菁英知識份子都藉之留下他們的智慧、思想及歷史記錄，這些是何等珍貴的文化寶藏？豈容一個幾十年的政權輕易加以否定？若依中共現行的、自創的簡化字，反使這些流傳千年以上的正體字均消失不見，至少在漢字教育方面出現不易學習、不易記憶的嚴重問題。初學者無法依循傳統漢字的構形原則去學習書寫、辨認漢字，更無法彰顯漢字「形音義合一」的符號特色，有些只存在表音功能而已，更可惜的是字形中許多歷史文化意涵消失，這顯然是值得思考的

4　請參見林中明：〈從「繁簡之變」、「讀寫之別」到「繁簡之辯」、「簡訛之辨」〉一文，刊於《國文天地》256、257、258三期，2006年9月、10月、11月。

焦點！

　　所以，漢字的簡化，不能僅以筆畫多寡為原則之一，也不能以少代多，自以為是。當年中共簡化漢字的方向及策略顯然是錯誤的！以「消除文盲」、「書寫方便」為口號，將原本各具其義的文字併用，反而成了「毀滅歷史」、「製造更多歷史及文化文盲」，這才是問題癥結所在！許多西方著名大學，迄今仍不放棄傳統中國文字的教學，因為他們要培養能直接閱讀古代原典的學者。他們明白：簡化字並不能承載正確的古代文化訊息！

　　尤其今天已進入高科技的資訊化時代，筆畫正確（並非減少）反而是電腦傳遞速度的要件，筆畫多反而有利於電腦辨識！傳統社會文盲多是教育不普及造成的問題，不能歸咎於文字筆畫多寡！而今教育普及的目標是溝通古今、創造未來！這不是「書寫筆畫減少至十五畫以下」這樣粗糙簡單的理念所能涵蓋的。我們強烈呼籲中共政權正視這個問題癥結！

目前兩岸文字改革呈現的現象

　　不過，政權以政治力改革文字的現象，其實不限於大陸的中共政權而已，臺灣近年為強調「主體性」，為方言造字所呈現的文字現象也頗值得注意。

臺灣的現象

　　近年來，臺灣的執政黨也有類似的作法。臺獨政治理念當道，積極倡導本土意識，中小學歷史教科書均配合而重寫。以鄉土語文教育為例，臺灣明明存在著全中國各省的方言，但卻獨尊「臺灣閩南

語[5]」，且不知何故，認定「臺灣閩南語」是只有語音、沒有文字的語言，與漢字家族是不同的語文系統，並不是「漢語方言之一」，於是刻意為其創造「文字」，其造字原則也類似中共，破壞漢字固有形、音、義合一的傳統特色，以「音」為重，出現了新的漢字現象，如「嘸通」「嘛也通」、「皮皮唑」、「乎你好康」這樣的新詞大行其道，有趣的是，此「音」乃是「近似國語發音」，換言之，以國語為其注音符號，於是呈現不少混亂現象，如「阮係老絲」，可能要表達的是「我是老師」、「蝦米代誌」表達的是「什麼事情」、「大條代誌」表達的是「重要事情」。某些參與造字的學者，堅持這是「我手寫我口」，認為臺語必須保存其音，否則這些方言發音將消失，所以在字形上並不在乎筆畫繁簡，甚至可造出「勿愛」、「勿要」、「勿會」兩字合一這樣繁複的形體。而臺灣另一大族群——客家人，也效尤之。於是也有所謂「客家文字」出現。幸好粵語族群的主要地盤在香港，否則，臺灣中小學生的鄉土語文課程負擔更加沈重。而這種語文新現象，透過大眾傳媒，特別是廣告文宣，已滲入日常生活，隨處可見。若非同時精通國語、閩南語的「知識份子」，要理解這些文字還相當不容易。若要發出正確的讀音，也還要同時精通西方語言學及其符號，否則無法發出「正確讀音」，試以教育部國語推行委員會歷時數年、集合精通中西語言的專家學者、博碩士班研究生之力，已完成的一萬五千餘條「臺灣閩南語」為例，即可略窺一、二。請見下例，這是教育部電子檔的最新內容「每週5詞[6]」：

　　臺灣閩南語「每週5詞」
　　【囡仔】gin-a

5　這名詞似乎不倫不類。

6　詞彙來源：教育部國語會http：//www.edu.tw/EDU_WEB/Web/MAN\DR/home.php.

【家己】ka-kī又唸作ka-tī

【做伙】tso-hue/tsue-he

【愛】ai

【也】iā又唸作ā

【中晝】tiong-tau

【下晡】ē-poo又念作e-poo

【四界】si-ke/si-kue

【外口】guā-khau

【歹勢】phainn-se

其中有些字可從傳統中尋找字源，如漢、唐時稱孩童為「囝」已頗常見，尤其唐代名詩人顧況（725-815？）已有一首詩〈囝〉——哀閩也，並自注：「囝，音蹇，閩俗呼子為『囝』，父為『郎罷』。」不知教育部國語會的專家為何另造一「囡」字[7]？

其實方言字的問題，古代學者已注意並有記錄，如漢代揚雄著《方言》即為一例，值得今日學者參考。至於「下晡」一詞，「晡」指一日中的「申」時，「下」則無意義，完全是國語的「下」與其音近而已，其實`，「下午」即可表意，「午」時指十一時至十三時，若要強調方言發音，其正確的詞彙應是「晻晡」，漢代已有此用法，漢人習用「晻」表示天色昏暗，同時見於劉向仿楚辭〈九嘆〉之作及漢樂府〈孔雀東南飛〉等名篇。

由於強烈的政治意識型態影響，臺灣的文字改革以創造方言字為

---

7 顧況《囝》原詩如下：囝生閩方，閩吏得之，乃絕其陽，為臧為獲，致金滿屋，為髡為鉗，如視草木，天道無知，我罹其毒，神道無知，彼受其福，郎罷別囝：「我悔生汝，及汝既生，人勸不舉，不從人言，果獲是苦。」囝別郎罷，心摧血下：「隔地絕天，及至黃泉，不得在郎罷前！」

主流，產生的亂象也頗令人目眩，所以有人戲稱：中共的文化大革命結束，臺灣的文化大革命方興未艾！

大陸的現象

　　大陸呈現的文字亂象，主要源於簡化字。尤其近年透過電腦將繁簡字轉換之際，產生的問題愈來愈多。中共自一九五六年推行的「簡化字」，有些固然是沿襲傳統的俗字、行書、草書等，但也有些荒謬的簡化字，使中華文化的保存產生極多問題。例如：提倡白話文、對近代中國語文產生極大影響力的「胡適之」先生，在中共簡化字文獻中居然消失不見了！不僅僅是政治立場的理由，而是「適」字簡化為「适」，荒謬的是，「适」另有其音義，孔子的門徒（也是他的姪女婿）「南宮适」，本名就是「适」。歷史人物豈能如此混淆、甚至憑空消失嗎？許多家族的姓氏，也因之混淆不清，如漢代著名的「蕭何」，其子孫都成了「肖××」，令人惋嘆！近年有些蕭姓族群恢復為「蕭」，同姓家人自然分裂為二！至於清代赫赫有名的乾隆皇帝，差點也在同樣的簡化原則下消失不見，幸好為其另立不得簡化的「特例」，今天廣大的中共人民才知道「乾隆皇帝」，否則，踏破鐵鞋也找不到歷史上的「干隆皇帝」！歷史文明居然可以如此任由一個政權竄改的嗎？

　　更令人噴飯的是，以一字替代多字的簡化原則，造成「干」字成了法力無邊的字，如「幹部」、「餅乾」、「樹榦」、「干涉」，都成了「干」家集團，所以，還原成「本字」時，大陸人民已無法了解其區別何在。在今天電腦繁簡字軟體轉換時，笑話自然產生，如近來在大陸各地國際機場、五星級大飯店廁所中隨處可見的一種烘乾設備，被轉換成「自動幹手器」，真是貽笑國際[8]！

8　此資料由黃沛榮教授提供，見於其個人網站。

　　類似的例子，不勝枚舉，如筆畫繁多的「鬆」由筆畫較少的「松」字取代，在繁簡字轉換時，臺師大臺文所的姚榮松所長成了「姚榮鬆」，明明是涵義典雅、美好的名字成了毫無意義的怪符號，姚教授向會議當局抗議亦無效，「你們不是使用繁體字嗎？」令他啼笑皆非！臺灣的名詩人「余光中」轉換成了「餘光中」，也是貽笑大方！在臺灣著名的「葉嘉瑩」教授，在大陸成了「叶嘉莹」教授，因為「葉」字在大陸已消失！再如：筆畫多的「鬱」，由筆畫少的「郁」來取代，兩者各具本義，且意義無涉，如混為一談，不僅造成笑話，且使意義難辨，如「憂鬱」成了「忧郁」，郁本身具有文采、香氣等意義，完全和心中蘊結、氣悶的「鬱」字無涉！「蘿蔔」成了「罗卜」，令人不知所云！因為「占卜」的「卜」仍活用在一般生活中，令人會誤以為是某種占卜方式。至於閱讀古籍時所產生的無謂問題，更是「罄竹難書」，如漢代大儒劉向本是楚元王劉交的後代，第五世孫。居然成了「楚元王劉交的后妃」（楚元王之后）。因簡化字中，「后妃」的「后」、「後代」的「後」均被一個「后」字取代。「皇天后土」則被轉成了毫無意義的「皇天後土」。

　　某些中共學者認為只要利用龐大的人力資源，將古籍全部轉換成簡化字版本，即可解決現代人閱讀古籍的問題，殊不知這是治絲益棼，徒增淆亂而已！如「余生」究竟是「姓余的人」？還是「殘餘的生命」？實在是徒然增添閱讀者、教學者的煩惱而已！

　　尤其牽涉到古今詞彙變化時，更值得憂心，如《莊子》〈外物〉：「飾小說以干縣令」，這裏的「縣」通「高」，「令」即「美」，「縣令」指的是「高名令聞」，不是後來所謂的官名，一縣之長。所以「干」即「求」，但轉換成「飾小說以幹縣令」則不知所云！而臺灣某大學教師的教學網站上就掛著這樣的句子，令人搖頭。

漢字構形資料庫簡介

　　筆者認為，漢字迄今已多達六萬字以上（如《漢語大字典》收錄六二二四二字），異體字的現象複雜（簡化字、方言字均可視為異體字），方言眾多，歷史悠久，的確該整理、規範，同時，兩岸所呈現的文字亂象宜正視。而近年來電腦數位化的技術應用於各門學科，漢字數位化亦不例外。筆者認為透過漢字數位化，兩岸文字亂象將有解決之道。

　　臺灣的中央研究院資訊研究所文獻處理實驗室自一九九三年起，在謝清俊教授的領導下，開始進行漢字數位化的工作，至今已有十三年，近年的主要負責人則是莊德明先生，他以孜孜矻矻的精神，將甲文、金文及近年出土的楚系文字亦納入，最主要的成果為建立了「漢字構形資料庫」。該資料庫目前尚持續在架構中。

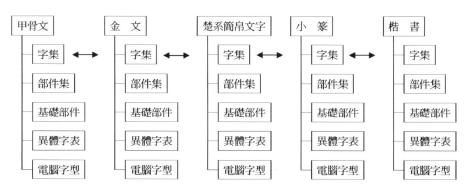

圖一　漢字構形資料庫的組成

以下直接引用莊德明〈漢字構形資料庫簡介〉的資料[9]，了解該資料

9　《漢字構形資料庫》乃免費軟體，下載網址：http：//www.sinica.edu.tw/~cdp/在此感謝莊德明先生提供其大作本文引用。

庫的現況：

漢字構形資料庫早期收錄的字形是以楷書的現代印刷字體為主，其後陸續增加小篆、金文、楚系簡帛文字及甲骨文。因此，現今的漢字構形資料庫是由甲骨文、金文、楚系簡帛文字、小篆及楷書構形資料庫組合而成，如〈圖一〉。小篆構形資料庫目前已完成，而其他的資料庫則持續在擴充中。〈表一〉是二○○六年八月份推出的漢字構形資料庫2.4版的內容簡介，如下：

表一　漢字構形資料庫 2.4 版簡介

	甲骨文	金文	楚系文字	小篆	楷書
主要參考字書	殷墟甲骨刻辭類纂	金文編	楚系簡帛文字編	說文解字詁林	漢語大字典
字　　　　數	1970	3781	2627	11100	62242
部　件　　數	440	804	704	2004	5587
基 礎 部 件 數	330	469	464	367	1128
異體字表組數	（待）	767	372	1081	12809
電　腦　字　型	中研院甲骨文	中研院金文	中研院楚系簡帛文字	北師大說文小篆	標楷體及細明體外字集
字　書　索　引	殷墟甲骨刻辭類纂、甲骨文字詁林、甲骨文字集釋	金文編、金文詁林、殷周金文集成引得	楚系簡帛文字編	說文解字詁林	漢語大字典、中文大辭典
其　他　屬　性		殷周金文集成器號、器名	出土墓號及簡號		Unicode、Big5
合　作　單　位	中研院史語所	中研院史語所	中研院史語所	北京師範大學台灣師範大學	中研院史語所

這個版本有以下四個特色：

一、銜接古今文字以反映字形源流演變。現代漢字與古漢字相比，由於形體變化太大，漢字的形義關係已很不明顯，甚至完全隱沒。所以想要瞭解某個字的構形寓義，必須找到它的古文字形體。銜接古今文字，不僅可透過現代漢字來認識古漢字，更可藉由古漢字而

加深對現代漢字的理解。

　　二、收錄不同歷史時期的異體字表，以表達不同漢字在各個歷史層面的使用關係。漢字構形資料庫收錄參考字書的異體字表，目前已涵蓋《漢語大字典》的一一九○○組異體字，《說文解字》的一一六三個重文；而《金文編》的一九三五七個重文，以及《楚系簡帛文字編》的一九二五○個字形也即將完成收錄。長久以來，異體字造成文件檢索的困擾，希望藉著異體字表的建置，能有效解決此問題。

　　三、記錄不同歷史時期的漢字結構，以呈現漢字因義構形的特點。不同歷史時期的漢字由於字形的遞變，字形結構已不盡相同；這些字的構形分析雖然不見得都合乎構形理據，但在字形的檢索上也有一定的功能。漢字的構形單位是部件，字形結構中的各級部件都可用來檢索字形。部件檢字遠較部首檢字來得便利，因為一個字在字典只能歸於一個部首下，必須確認部首，才能檢索字形；但是一個字可以有好幾個部件，這些部件可同時用來檢索字形。

　　四、使用構字式來解決楷書缺字的編碼問題。古漢字則利用古今文字銜接，透過電腦字型來呈現。缺字問題一直無法解決，是因為現行漢字交換碼，將漢字視同西方語言的拼音字母，完全忽略了漢字是表義文字，是由有限的基礎部件所組成的。西方語言的拼音字母是個有限集合，而漢字卻是個開放字集；字形難以收錄完全，缺字問題自然層出不窮。既然交換碼主要是用來區別字形，而字形的差異在於結構上的不同，因此我們的作法是直接採用字形的結構表達式──構字式來編碼，這樣才能徹底解決漢字的編碼問題。

　　除了利用構字式來解決楷書缺字的編碼問題外，目前也正在研發利用風格碼來解決古漢字的編碼問題。風格碼是構字式的延伸，構字式是利用字形結構來區分字形，而風格碼則是利用出處來區分同一個字形而風格迥異的異體字。

結語

　　從「漢字構形資料庫」，我們可以看到中研院資訊所多年來對整理漢字所作的鉅大貢獻。至少它已將現有漢字的歷史源流、發展呈現出來，並與電腦結合，使漢字可真正利用電腦的強大功能，不致於像過去一樣，必須以手寫、剪貼方式引用古文字，且可利用部件自由組合楷體新漢字並與古文字作對照。我們可以從該資料庫看到漢字未來整理、發展的方向。

　　該資料庫所列出的漢字字形源流演變，使我們清楚了解漢字的發展歷程，至少不致盲目的反對或傳承。而不同歷史時期的異體字表，使我們了解漢字在各個歷史層面的使用關係，這對未來的漢字整理將是很好的基礎，至少不會隨主觀的臆測而定出貽笑大方的「原則」。而使用構字式來解決楷書缺字的編碼問題，在未來的漢字教學方面，也將有很大的作用，因為可以研究出較合理的筆順、筆劃等書寫原則，對初學者將有很大的助益。對國中、小學的「生字教學」及外籍人士學習漢字都將產生輔助效果。

　　此外，筆者認為：該資料庫可以解決臺灣目前的文字亂象，因為方言雖然在語音方面與國語相較具有歧異現象（某些意識型態強烈的學者甚至主張是兩種不同的語言），但漢字書寫系統可說遠在秦漢時代已定型。將來若能結合聲韻學家、訓詁學家，為今日的方言尋找字形、或創造新字形，這個資料庫應該是很豐富的寶庫。

　　自從五四運動以來，西潮對中華文化的衝激可說已深入文化核心、動搖民族自信心根柢部分，產生許多深層的文化反省，包括漢字被視為難寫、難記、不科學、造成文盲多的主因；尤其共產國際曾想藉漢字拉丁化，完全消滅漢字，而當時的許多知識份子也贊同，例

如：魯迅《且介亭雜文二集、論新文字》云：「漢字拉丁化的方法一出世，方塊字系的簡筆字和注音字母,都賽下去了。」歷史已經證明，這完全是謬論！而今中共猶堅持某些不合理的簡化字，歷史也將證明它是一場夢魘！

正如林中明先生在〈從「繁簡之變」、「讀寫之別」到「繁簡之辯」、「簡訛之辨」〉一文[10]中提出的思考：

> 過去幾百年纔開始嚴重落後於西方，造成了國土、財寶、文物的喪失，以及對中華文化、文字信心的根本動搖。然而近二十年來，兩岸的高科技製造業突飛猛進，奠定了科學深化的基礎，也重新建立起一部份的文化信心。但是在這「知識經濟」全球競爭的時代，兩岸在下一輪的科技研發上，能否在科技的上流，大力「自主創新」，成為科技與文化的輸出國？

他並提出以下的看法：

> 如果中國人不願意等百年之後由「時間老人」來慢慢改變，那麼就必須再經由政治協商和變動，作成新的決策方向，以縮短「改善」的過程，這樣才能達到較快的「平反」與政策修訂。公正、知己知彼和全面、客觀的學術研討和瞭解，是兩岸為下一次的，或可稱為中國的「第三次文字改革及漢字規範」的實踐，所必須準備的紮實步驟。和平而有效的改革，既要搭建「向上提升」的鷹架，也要搭鋪下臺的臺階。惡意的政治批評和情緒性的謾罵，不僅讓人看低看扁，而且造成反效果。但

10參見注4。林中明先生大作提出的卓識，值得兩岸文字專家學者及主政者參考。

是最後的「臨門一腳」，卻不能不依賴主要政黨和國家領袖來作出決議。

筆者認為，兩岸共同合作整理文字的時代已來臨，事實上，中央研究院資訊研究所的「漢字構形資料庫」就是與中央研究院歷史語言研究所、北京師範大學、臺灣師範大學共同合作的成果。我們期待兩岸的有識之士能善用這套資料庫，早日攜手合作，使漢字的整合成為二十一世紀一項人類偉大的成就！

——本文原發表於《華文世界》98期（2006年），頁55-63。

後記

「漢字構形資料庫」現已擴展成為「小學堂文字學資料庫」（由行政院國家科學委員會經費補助，臺灣大學中國文學系、中央研究院歷史語言研究所、資訊科學研究所、數位文化中心共同開發），已開放給大眾使用。語音部分也納入該資料庫，如《新編臺灣閩南語用字彙編》已於二〇一三年十一月五日正式開放下載。希望未來能再增加訓詁學資料庫，兩岸學者共同以此資料庫整理漢字。二十一世紀優美的正體漢字天下將指日可待！

附錄八
簡體字表第一批
（教育部民國廿四年八月公布印行）

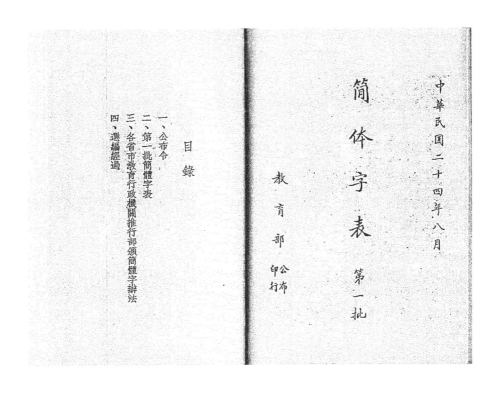

中華民國二十四年八月

教育部公布印行

簡体字表 第一批

目錄

一、公布令
二、第一批簡體字表
三、各省市教育行政機關推行部頒簡體字辦法
四、選編經過

一：部令第一一四〇〇號　中華民國二十四年八月二十一日

我國文字，向苦繁難，數千年來，由圖形文字，遞改爲隸楷者也，以迄今之正體字，率皆由繁複而簡單。由詰詘而徑直，由奇譌而平易，演變之迹，歷歷可稽。惟所謂正體字者，雖較簡於原來之古文篆隸，而認識書寫，仍甚艱難。前人有見及此，於公私文書文字，往往改用簡體，在表章經典，及通問書札中，簡體字亦數見不鮮。明儒黃氏宗羲，對於應用簡體字，主張尤力，有「可省工夫之半」之語。而社會一般民眾，於正體字書籍，難多不能閱讀，但於用簡筆字刊行之小說，則寫之賬單，輒能一目了然。可知簡體文字，

簡體字表

無論在文人學士，在一般民眾間，均有深固之基礎，廣大之用途，已爲顯明之事實。

近年以來，政府與社會，雖竭望普及義務教育及民眾教育，而效果仍未大著，其中原因固多，而字體繁複，亦爲重大原因之一。於是談教育普及者，多主擇最通行之簡體字，應用於教育，以資補救而利進行。在前大學院召集之第一次全國教育會議中，早經正式提議。近年學術界人士之研究文字改革者，並嘗提出推行簡體字計畫，請予採行。本部以茲事體大，研究考慮，不厭求詳，經將本問題提交前國語統一籌備委員會呈復，詢字體改問，於文化前途，實大

旋披前國語統一籌備委員會呈復，

有裨益，社他專家，亦謂全國教育，旣須從速普及，則採用簡體字，以謀普及之促進，實屬刻不容緩。本部以需要旣切，詢諸復同，當經擬定推行簡體字之原則三項，提請

行政院會議議決，並經院轉呈

中央政治會議核准在案。該案奉

核准後，本部復委託前國語統一籌備委員會妥慎選擇，並經規定：「（一）依述而不作之原則；（二）擇社會上比較通行之簡體字，最先採用；（三）原字筆畫甚簡者，不再求簡。」等項，以爲選定簡體字標準。嗣披前國語統一籌備委員會依此標準，擬定簡體字表呈送前來，復經本部鄭重審核，將社會最通用之第一批簡體字表，選編完

簡體字表

三

成。

除關於教育方面推行簡體字辦法，業已由部遵照中央核准案妥慎制定，令行省市敎育行政機關轉飭各學校及出版機關遵照採用；曁關於文告公牘等方面，擬另由部呈請

行政院轉呈

國民政府通令各機關採用外，令行抄同第一批簡體字表，公布週知

此令。

計抄粘第一批簡體字表。

部長王世杰

簡體字表

二：第一批简体字表

簡體字表　五

（一）丫韵

罢罷　发發　阀閥　荅

杀殺　弇　压壓　哑啞

亚亞　价價　虾蝦　袜襪

挂掛　画畫　剐剐

拨撥　泼潑　罗羅　啰囉

（三）己韵

锣鑼　遝　箩籮　帼幗

簡體字表　六

国國　过過

（三）七韵

恶惡　广廣　个個　阎閻

挚挚　这這　热熱

（四）廿韵

觉覺　学學

铁鐵　窃竊　协协　乐樂

（五）帀韵

进進　师師

顶頂　执执　戝　感感　时時

狮獅

簡體字表

（六）儿韵
（七）一韵

机（機）　离（離）　弥（彌）　议（議）　医（醫）　尔（爾）　实（實）

鸡（鷄）　礼（禮）　余（餘）　异（異）　仪（儀）　迩（邇通）　势（勢）

盏（盞）　历（歷）　体（體）　艺（藝）　蚁（蟻）　　　　　　辞（辭）

挤（擠）　励（勵）　拟（擬）　闭（閉）　义（義）

七

簡體字表

（八）乃韵

晒（曬）　闹（閙）　台（臺）　碍（礙）　戏（戲）　岂（豈）　継（繼）

才（纔）　斋（齋）　抬（檯）　摆（擺）　　　　　启（啟）　剂（劑）

侩（儈）　侪（儕）　抬（檯）　卖（賣）　　　　　气（氣）　济（濟）

狯（獪）　筛（篩）　盖（蓋）　迈（邁）　　　　　弃（棄）　齐（齊）

八

簡體字表

（九）ㄟ韵

桧 檜　怀 懷　帅 帥
俭 儉　废 廢　类 類　为 為
伪 偽　对 對　归 歸　龟 龜　为 為
柜 櫃　会 會　绘 繪　烩 燴
虽 雖　岁 歲
无 無　宠 寵　独 獨　读 讀
炉 爐　庐 廬　芦 蘆
圆 圓

九

簡體字表

（三一）ㄩ韵

壶 壺　沪 滬　烛 燭　焖 燜
处 處　柜 柜　赎 贖　属 屬
数 數　仔 仔　卆 　苏 蘇
萧 蕭　与 與　誉 譽　驴 驢
欤 歟
屡 屢　缕 縷　举 舉　惧 懼
区 區　驱 驅　趋 趨　续 續

一〇

〔三〕幺韵

宝(寶)	涛(濤)	赵(趙)	庙(廟)	娇(嬌)	桥(橋)
报(報)	闹(鬧)	条(條)	揽(攬)	箫(簫)	
儿(兒)	劳(勞)	灶(竈)	枣(棗)	乔(喬)	萧(蕭)
祷(禱)	号(號)	药(藥)		骄(驕)	侨(僑)

〔三〕又韵

欧(歐)　殴(毆)　讴(謳)　呕(嘔)

〔畫〕弓韵

闷(悶)	皱(皺)	寿(壽)	刘(劉)	广(廣)	坛(壇)
头(頭)	昼(晝)	邹(鄒)	旧(舊)	办(辦)	摊(攤)
娄(婁)	俦(儔)	绣(繡)	蛮(蠻)	滩(灘)	难(難)
楼(樓)	筹(籌)	卤(鹵)	胆(膽)	瘫(癱)	览(覽)

（卅六）韵

簡體字表

一四

恳（懇）　门（門）　权（權）　环（環）　万（萬）　闲（閒）
斜（斜）　们（們）　劝（勸）　泳（詠）　断（斷）　贤（賢）
陈（陳）　闷（悶）　恳（懇）　园（園）　欢（歡）　县（縣）
亡（亡）　坟（墳）　选（選）　远（遠）　还（還）　弯（彎）

赶（趕）　北（趾）　劫（劫）　毡（氈）
战（戰）　赞（贊）　蚕（蠶）　迤（迤）
岩（巖）　盐（鹽）　艳（艷）　边（邊）
变（變）　点（點）　廿（念）　联（聯）
怜（憐）　坚（堅）　炼（煉）　恋（戀）
间（間）　练（練）　艰（艱）　联（聯）
简（簡）　荐（薦）　迁（遷）　尔（錢）

〔三〕ㄥ韵

泷(瀧)　尝(嘗)　阳(陽)　庄(莊)　称(稱)　圣(聖)

长(長)　伤(傷)　床(牀)　丰(豐)　惩(懲)　应(應)

场(場)　眍　粮(糧)　双(雙)　声(聲)　营(營)

肠(腸)　丧(喪)　升(陞)　灯(燈)　绳(繩)　蝇(蠅)

簡體字表　一六

〔十六〕九韵

阴(陰)　殡(殯)　闻(聞)　韵(韻)　帮(幫)　挡(擋)

隐(隱)　闽(閩)　烬(燼)　问(問)　当(當)　怅(悵)

宾(賓)　临(臨)　亲(親)　闰(閏)　逊(遜)　帐(帳)

滨(濱)　偿(償)　衅(釁)　孙(孫)　党(黨)　账(賬)

簡體字表　一五

簡體字表　二七

听𪨬　所廳　灵靈　奥典
东来　冻凍　开閘　钟鐘
众眾　虫蟲　荣榮　从從
蕊叢　穷窮

以上共計三百二十四字

附说明

一、本表所列之简体字，为便俗易識，

簡體字表　一八

且適於刊刻計，故多采采元至今習
用之俗体。古字與草書，間亦采及
、古字如『气、无、处、广』等、
草書如『时、实、为、会』等，亦
皆通俗習用者。草書因多用使轉以
代楷書中繁複之点画，且筆势圓轉
而多鉤联，適於書寫而不忘適於刊

刻，故所采不多；必如『发、协、乐、亡』等，笔势方折，近於楷体者，方采用之。

二、本表对於用同音假借之简体字，别择极严，必通用己久，又必普遍，决不至於疑误者，方采用之，如『异、机、旧、丰』等。其有偶用於

简体字表

一、地者，如北平以『代』为『带』，闽广以『什』为『杂』，苏浙以『叶』为『葉』等，又如药方中以『姜』为『薑』，账簿中以『旦』为『蛋』等，皆不采用。

三、左列三种性质之简体字，皆不采用

：

1. 貼簿葯方中專作符号用者，如『初』作『刀』，『月』作『刂』，兩作『刀』，『斤』作『刂』，分作『卜』。

2. 一体作数字用者，如『之』代『廣』，又代『慶』，『卩』代『爺』又代『部』。

3. 偶見之簡体字尚未通行者，如『漢』作『汉』，『僅』作『仅』。

偏體字类

四、偏旁如『言、鳥、馬、糸、辶、走』等，本可采用簡体，但如此一改，則牽動太多，刊刻費时。今求簡而易行，故此等偏旁，暂不改易。

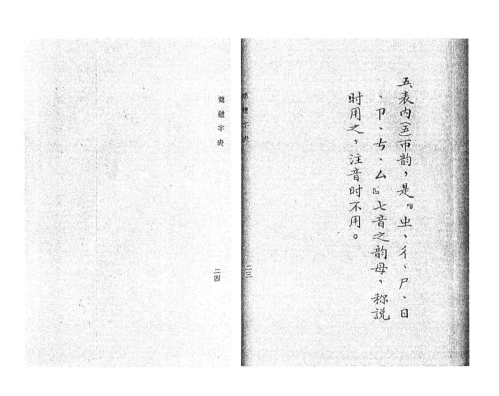

五、表內（五）帀韻，是「ㄓ、ㄔ、ㄕ、ㄖ、ㄗ、ㄘ、ㄙ」七音之韻母，稱說時用之，注音時不用。

簡體字表

二三

簡體字表

二四

「三」各省市教育行政機關推行部頒簡體字辦法

一、凡小學，短期小學，民眾學校各課本，兒童及民眾讀物，均應採用部頒簡體字。

二、採用部頒簡體字之課本，應於各冊末頁，附生字表，將簡體字一併編入，並須於第一次採用該字之課文末或下方或其他適當地方，另立對照表，以資比對。表式附後。

三、自二十五年七月起，凡新編之小學課本，短期小學課本及民眾學校課本，不用部頒簡體字者，不予審定。

四、自二十五年七月起，凡重印前條所開各課本，均應採用部頒簡體字。

五、自二十五年七月起，新編或重印之兒童或民眾讀物，不用部頒簡體字者，各校不得採用。

六、自二十五年七月起，各級師範學校，均應注重部頒簡體字之教學。

七、自二十五年七月起，各學校考試答案，部頒簡體字，得一律適用。

八、各省市縣各新聞業，應由所在地主管教育行政機關，勸令在可能範圍內，採用部頒簡體字排印。

九、本辦法自公布日施行。

附表式

表式一
〔生字表〕

人　手　鉄（鐵）　天　學（學）　寿（壽）

說明：僅有正體字而無簡體字者，表內只列正體字，如人、手、天等是。其有簡體字者，則於簡體字下，附排正體字，以括弧別之，如鉄（鐵）學（學）寿（壽）等是。

表式二
〔對照表〕

簡體字表　二七

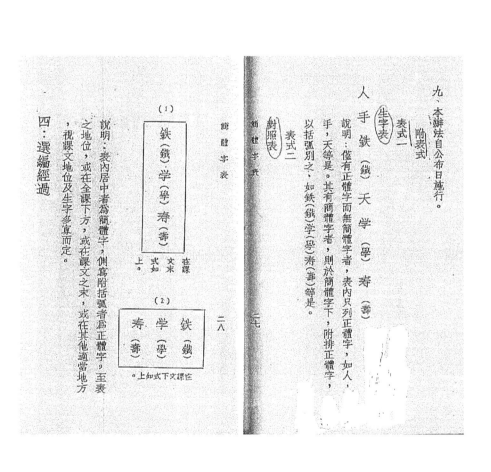

簡體字表

（1）

鉄（鐵）　學（學）　寿（壽）

在課文末
式如
上。

（2）

鉄（鐵）　學（學）　寿（壽）

在課文下如式上。

二八

四：選編經過

說明：表內居中者為簡體字，側寫附括弧者為正體字，至表之地位，或在全課下方，或在課文之末，或在其他適當地方，視課文地位及生字多寡而定。

簡體字表　二九

簡體字之功用及社會需要之狀況，已見本部公布令，茲不再述
述其選編經過於後：

先是本部雖已決定採用簡體字，以增進教育之效率，但以此項
字體，包括簡筆字、（即手頭字）俗字、別字、行、草等體，自漢以
來，為數甚多，應採其最適用者選定公布。適民國二十四年一月，
前國語統一籌備委員會，有搜采固有而較適用的簡體字，編為簡體
字譜之建議，其大意謂：「漢字改詞，本非對於漢字為根本之改革
，則勢順而易於推行，若自我作古，別剏新體，搜采固有之體而選用之
，易召阻力，目的反不易達到。其實固有之簡體字，亦已不少，再

簡體字表　三〇

加以偏旁配合，則普通應用之字，當不慮其缺乏」，本亦無須自剏新
體。」云云，其言切實可行。惟簡體字譜，非可倉卒選成。因決定
先行分批編定簡體字表，將來再根據各批簡體字表，彙集成譜，較
易集事。當經擬定推行簡體字辦法三項，撂諸

行政院會議核准轉

呈中央政治會議備案。原辦法三項附後：

一、由本部聯集專家，選定簡體字表公布，依「述而不作」之原則
，但就向所已有者選採之，向所未有者，不復創製。

二、經部公布之簡體字表，仍應酌定分期增訂辦法。

三、簡體字強制適用之範圍，暫限於民眾學校課本、民眾讀物暨小
學，以便採納各方
意見，逐漸擴充簡體字數量。

舉課本，其詳由部暫酌定之。

上項辦法，旋奉　中央政治會議准予備案。本部因將是項初步選字工作，委託前國語統一籌備委員會辦理。至民國二十四年六月中旬，初稿始擬定送部，本部途復約集黎錦熙、汪怡、趙元任、潘尊行、張炯、鍾靈秀、吳硏因、顧良杰等在部開會，就原稿逐字審查。計自六月二十日開始，迄二十二日完畢。原稿係本「述而不作」之原則選編，原分（一）丫韻、（二）巳韻（三）亡韻等十七韻，全部共二千三百四十餘字，是爲第一次草案。開會後頗有增刪，結果選用二千三百四十餘字，就中認爲最適當且便於鑄銅模者，計一千二百餘字，是爲第二次草案。復經本部部長次長暨部中其他有關係各司處

簡體字表

三三

，就第二次草案，詳爲覆核，將可採者逐字圈出，發交社會教育司詳加研究，經司詳細審查，並函徵前國語統一籌備委員會錢玄同、黎錦熙、汪怡諸君意見後，又召集部內有關各司科長及國立編譯館人員，重行整理，呈請僉定，是即本屆公布之第一批簡體字表。

據上所述，第一批簡體字表，實已經過多次之鄭重審查，始行公布，但在本部方面，仍認爲應公布而未公布之字，爲數頗多，尚擬徵求各方意見，繼續選擇審查，一俟簡體字之推行，已達相當程度，社會之一般觀感，已漸泯去昔日「正體字」之成見，當再斟酌情形，陸續公布，以期完成此項艱鉅工作。除將表列各字，鑄成銅模，以備普遍採用外，特將選編經過，述之如右。

簡體字表

三二

附錄九
一九九七年匈牙利國際物理教育會議的 LOGO 圖案*

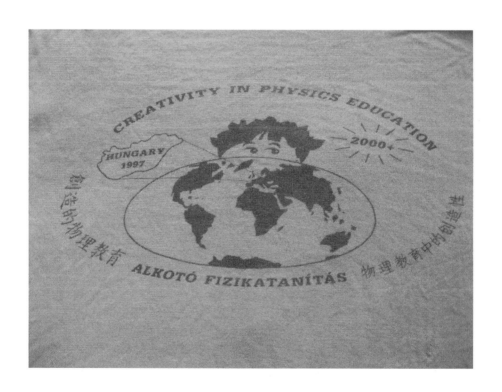

---

* 當時大會將正體字定位為「日本字」，簡化字定位為「中國字」。抗議及說明亦無效！遂引發本人持續十餘年對簡化字的研究，本人認為：今天洋人分不清，以後炎黃子孫亦分不清！正體字就這樣拱手讓給日本人，是可忍，孰不可忍？

語文教學叢書 1100009

新世紀的語文教育

作　　者	亓婷婷	
責任編輯	吳家嘉	

發 行 人	陳滿銘	
總 經 理	梁錦興	
總 編 輯	陳滿銘	
副總編輯	張晏瑞	
編 輯 所	萬卷樓圖書股份有限公司	
排 　 版	林曉敏	
印 　 刷	百通科技股份有限公司	
封面設計	斐類設計工作室	

發　　行　萬卷樓圖書股份有限公司
　　　　　臺北市羅斯福路二段 41 號 6 樓之 3
　　　　　電話 (02)23216565
　　　　　傳真 (02)23218698
　　　　　電郵 SERVICE@WANJUAN.COM.TW
大陸經銷　廈門外圖臺灣書店有限公司
　　　　　電郵 JKB188@188.COM

ISBN 978-957-739-937-3

2015 年 3 月初版

定價：新臺幣 300 元

如何購買本書：

1. 劃撥購書，請透過以下郵政劃撥帳號：
　　帳號：15624015
　　戶名：萬卷樓圖書股份有限公司
2. 轉帳購書，請透過以下帳戶
　　合作金庫銀行 古亭分行
　　戶名：萬卷樓圖書股份有限公司
　　帳號：0877717092596
3. 網路購書，請透過萬卷樓網站
　　網址 WWW.WANJUAN.COM.TW

大量購書，請直接聯繫我們，將有專人為
您服務。客服：(02)23216565 分機 10

如有缺頁、破損或裝訂錯誤，請寄回更換

國家圖書館出版品預行編目資料

新世紀的語文教育 / 亓婷婷著.
　-- 初版. -- 臺北市：萬卷樓, 2015.03
　　面 ；　公分. -- (語文教學叢書 ；1100009)
ISBN 978-957-739-937-3(平裝)
1.漢語教學 2.語文教學

802.03　　　　　　　　　　　　104006573